RENJIAN XIJU

人间。喜句。

陈天政 著

敦煌文艺出版社

图书在版编目（ＣＩＰ）数据

人间喜句 / 陈天政著. — 兰州 ： 敦煌文艺出版社，
2022．06
ISBN 978－7－5468－2113－9

Ⅰ．①人… Ⅱ．①陈… Ⅲ．①短篇小说－小说集－中
国－当代 Ⅳ．①Ｉ247．7

中国版本图书馆CIP数据核字（2021）第 238441 号

人间喜句

陈天政　著

责任编辑：张家骝
编　　辑：马吉庆
封面摄影：口水君
封面设计：浙江视联

敦煌文艺出版社出版、发行
地址：（730030）兰州市城关区读者大道 568 号
邮箱：dunhuangwenyi1958@163.com
0931－8121069（编辑部）
0931－8773112　0931－8773235（发行部）

天津旭丰源印刷有限公司
开本　889 毫米×1194 毫米　1/32　印张 7.125　字数 180 千
2021 年 6 月第 1 版　2022 年 6 月第 1 次印刷
印数　1～5 000 册

ISBN 978－7－5468－2113－9
定价: 58.00 元

摄影 | 口水君

摄影 ｜ 口水君

摄影 ｜ 口水君

摄影 ｜ 口水君

摄影 ｜ 口水君

摄影 ｜ 口水君

序言

　　磨蹭了好几年，终于下了决心要将自己造过的字归拢起来，厚着脸皮，先出一本书。

　　我很早就喜欢造字。主要是喜欢文字里的那种黑色魔幻，和现实中真实的我格格不入。那时年少轻狂，见天地，见万物，以为都可以握在手中。所以佯装痴情也好，刻意风雅也罢，看着文字被堆砌成华丽的辞藻或浮夸的排比就会生出一种莫名的优越，陷在其中快乐沉溺。后来，阅历了越来越多的世事，看清了越来越多的面具，才发现自己的局限与可有可无。命运的翻雨覆雨手压下来，微渺如我，不过是大时代下的一粒灰。再后来，被生活压迫着的寂寥和无力越来越重，只有在造字的片刻，看着笔下那些虚构的小人物在时间的拉扯下奋力对抗着宏大的宿命，我才能找回些许本我。就像是把一种情绪代入了一个无解的方程式，只有解答的过程才能让我心生安定。就这样造着字，勾勒着情绪，临摹着黑暗与光明的边界，从初始的日记发帖到后来的博客微博，再到豆瓣和公众号，二十年下来，积攒了百万余字。

我想，即便自己天资愚钝，笔力匮乏，从这百来万字里也该挑得出一些稍微好点的文字，来贻笑大方。可现实总爱开一些撕破精装的玩笑，我努力地细挑慢选，也不过圈出了寥寥数篇。

听说，人都有夸大自己样貌能力的脾性，比如镜子里照见的，大抵是帅哥靓仔，浴室里清唱的，都该是余音绕梁。我也本可躲在这普世人性的欺瞒下，自我陶醉，自我开脱。反正就是网络上自己胡乱写写的，没压力，不丢脸。但真要变成了白纸黑字，要将一册书印将出来，在世人的目光里展览，我不免有了怯意。倒不是怕别人的指指点点，我是怕连被指点的资格都没有。

不过，在郑重考虑了几个月后，我还是决定将这些文字拿出来。我决定自己编辑目录，自己设计版面，自己联系出版社。其中，口水君提供了独家拍摄的相片来给我挎刀相助，并在全书的编撰过程中提供了很多建设性的意见与方案。视联的和平女士向我推荐了可供挑选的出版社，并对全书的排版印刷热心奔波。还有一些朋友一直在这个过程中给我打气鼓劲，在此，一并感谢。

这本书叫作《人间。喜句。》，收集了所有我认为还算可以的小说。我的小说其实并不那么讨喜，甚至还有些宿命的沉闷与惨烈在其中。但我愿意取一个讨喜的名字，为了人间的美好，也为了人间的不美好。

2021年6月26日晚

目录

咫尺远

我远远地望向你捕捉前生今世的记忆如一枚断翅的蝴蝶屏住浅蓝色的呼吸

／咫尺远

我远远地望向你/捕捉前生今世的记忆/如一枚断翅的蝴蝶/屏住浅蓝色的呼吸

摄影 ｜ 口水君

这一棒

一、姓唐的年轻人

我叫悟空。是只乱毛丛生、邋里邋遢的猴子。

但很多年前，我可不是现在的怂样。

那时，我有一个威风凛凛的名字，叫齐天大圣。我家就住在花果山上。整座山都是我的。朋友们都羡慕我是高富帅，尊我为猴王。但我知道大部分都不是真心的，他们是在嫉妒。

我有好多狐朋狗友。有天上的神仙，也有地上的鬼怪。朋友来了，自然有好酒，若是那豺狼来了，只要他们不惹事，我也好菜好肉招待着。我不怕事，也不找事。

我全身的装备都是一个超级英雄的标配：一袭酷毙了的红色披风，两根直冲云霄的艳丽雉尾，一件闪着金光的超级战甲。晴空万里时，抬眼仰望苍穹，那一抹白色的浮云就是我掠过天际留下的弧线。阴云密布时，衣襟猎猎作响，远山闷雷隐隐，那是我在破风。

我不是神，但很多神都苟活在我的情绪里。我瞪个眼，他们就会吓得屁滚尿流。我喜欢这样的权威。那让我觉得自己没有白活。偶尔，也会有几个顽固的老神仙，非要来撩我，那我就打得他们连爹妈都不认识。

我知道神仙容易膨胀。但我不知道原来猴子也会膨胀。过惯了见神灭神，见佛辱佛的日子后，我几乎忘了自己的本来面目。

我终于为我的自大和狂妄付出了代价。

在被如来压到五指山下的这五百年，我始终在想，我到底是怎么钻进他的圈套里的呢？

想了五百年，我还是没有找到答案。

后来，山下来了个忧伤的年轻人。他的脸很白净，身穿布衣，头上没毛。我问他这个问题的时候，他笑得很娘炮。他说，佛祖压你，是因为你是个骚猴。

我听了很不服气，厉声反问道：俺老孙哪里骚了？

年轻人没有被我吓倒，一本正经地回答：你难道忘了你在一根粗大的巨棒前撒过的那一泡声势浩大的尿？看我似乎有些不记得了，年轻人顿了顿，口中念念有词，给我提示：菩提本非树，巨棒亦非棒。本是如来指，何处起风骚？

这四句打油诗就像黑夜深处亮起的那道闪电，让我突然醍醐灌顶，神志清醒。那些被压抑在记忆深处五百年的前尘往事，一股脑儿全面复苏，清清楚楚，历历在目。我想起了香甜可口的太白金丹，想起了体若筛糠的玉皇大帝，想起了和如来的赌约，想起了无数个筋斗云之后看到的天界边际的擎天巨棒，想起了我潇潇洒洒刻在巨棒上的七个大字"俺老孙到此一游"，想起了那一泡通透爽快的尿。

我对着年轻人脱口而出道：I 真是服了YOU啊。这是我的心里话。我打心眼里佩服敢说真话的人。

他被我夸得有些不好意思了。红着脸，低下了头。

我问：你贵姓？

他说：我姓唐。

我又问：你能救我出去吗？

他点了点头，说：YES I CAN。

我再问：我出去后，跟你混？

他说：你给我时间好好考虑。

他又说：你也好好考虑考虑，到底要不要跟我？

我说：我都被关了500年了，还考虑啥。对我而言，自由比较重要。而且，我和你又不去西天。

他听完，愣了好一会儿，才说：你这个骚猴，竟然还会读心术？你怎么知道我们要去西天。

他顿了顿，接着说：其实，我也还在考虑到底要不要去西天。

二、恋人在前，情人在后

神和人一样都会变心。

我找到紫霞的时候，她正依偎在牛魔王的怀里，小脸红扑扑的，不知道是不是刚刚欢爱过。这么美的一朵鲜花，就这么有眼无珠得插到牛粪上，我的心吧啦吧啦地疼。

紫霞好不容易才看到我。但她很冷静。面不改色心不跳。她的目光似乎正盯着我，又像是穿过我，仿佛我就是一团空气，无形无色。倒是牛魔王的脸上有一丝尴尬。还算他有点良心，不枉俺老孙曾经在花果山上好酒好肉招待过他。

听说，火焰山是极热之地，为什么我会觉得冷。

我明明知道在这样的场景里是不该讨一个答案的，事实俱在，事实胜于雄辩，我还讨什么，追什么，问什么。我应该洒脱些，把背影留给紫霞，把悲伤留给自己。可该死的，我开口的第一句话就是：为什么？

我看到了紫霞嘴角浮起的那一抹冷笑。我看到了牛魔王嘴角撇出的那一抹嘲笑。我看不到自己僵硬的脸上写满了苦笑。

曾经是我的，最后怎么都变成了别人的。这真是我所不能了解的事。

但我所不能了解的事已经发生，不可挽回。我轻轻叹了口气，转过了身。我看见自己的眼泪不争气得流过我的尖嘴猴腮，通红通红的，像血。

快到门口的时候，我听到紫霞的声音在身后响起，幽幽的。

紫霞说：我记得我告诉过你，我的意中人是一个盖世英雄，有一天他会踏着七彩祥云来娶我。我没有告诉你的是，真要是做不了盖世英雄也没关系，盖世狗熊也成。但至少不会让我等。让我一等就是五百年。女人怕老。怕寂寞。你不懂的。

她的声音很轻，像一把刀斫进我的胸口。

三、女人何苦为难女人

我离开火焰山的时候，看到有个女人怒目圆睁冲了进去。我认识这个女人，但这个女人不认识我。我认识她，是因为她手里提了一把扇子，一把很大的扇子。

我正准备翻个筋斗云远离这是非之地，却凭空打了个趔趄，一屁股坐在了地上。至此，我才发现我已经法力尽失，魔法全无。真是福无双至祸不单行啊，我不但失恋，甚至还失去了超能力。现在的我，就是一个废猴。

女人的尖叫声在不远处此起彼伏。原来神仙鬼怪和人一样，男人吵架拼的是拳头，女人吵架靠的是嗓门。紫霞，在我心里是多么标致温婉的一美人，吵起架来却那么剽悍泼辣。

当我听到一声惨叫，然后看到牛魔王巨大的身躯被麻利得扇上半空，我就知道事情要糟了。女人下起狠手来，那可比男人要厉害百倍。天蓬算厉害了吧，小嫦娥无非动了动嘴，堂堂一个元帅就下了凡尘，去了猪圈。玉帝老儿算是万仙之上了吧，王母娘娘一发怒，他还不是乖乖得跪上了搓衣板。铁扇公主是谁啊，罗刹女，听这名，够凶的吧，那可是女妖精中的战斗机啊。

看来我得回去帮帮紫霞。宁可天下人负我，我怎能负天下人。何况，她曾经是我深深爱过的女人，那是比天下人都要重要百倍千倍万倍的一个存在啊。

我刚抬腿，就觉得眼前一黑，一个娇俏的身影迎面射来。我还来不及反应，就被这身影一撞一带，倒退出几百丈。一块半座山那么大的巨石都碎成了齑粉，才勉强将我倒飞的身影阻滞下来。

胸口好闷啊，我一张嘴，一口鲜血直直喷了出来。

紫霞面色惨白得躺在我怀里，吓晕了过去。她晕过去的样子依然很美。美的就像五百年前我第一次看见她时的模样。

有人说，男人最难忘的就是他的初恋。猴也一样。

所以当铁扇追杀过来的时候，我挺直孱弱的身躯，将紫霞护在身后。紫霞的娇躯软软地贴在我的后背，秀美的脸颊低垂下来，靠到我的肩头。她的发丝很黑，穿过我的脖颈我的手。

铁扇面无表情地看着我，冷冷地说：猴子，你让开，我放你一条生路。

这话真是耳熟啊。以前，我一直对别的神仙这样说。想不到，今日我也尝到被威吓的滋味。这滋味好难受啊。我曾经可是神鬼皆惧的齐天大圣。现在，一个小小的女妖都能威胁我了。我忽然哈哈大笑起来。笑得神鬼共泣日月无光。

难道，这就是传说中的一报还一报？

铁扇看我痴癫疯狂的样子，没有一丝怜悯，反而怒意更甚，说道，猴子，你不让开那就别怪我翻脸无情了。

说完，她擎起芭蕉扇，朝着我狠命扇起来。

一团金色的火焰从地底升起，扭曲的炙浪张着血盆大口向我凶猛地咬噬。脚掌烧着了。皮毛烧着了。胳膊烧着了。火焰炙烤皮肤发出诱人的吱吱声。巨大的疼痛从身体的四面八方一股脑儿往心底翻滚。我仿佛又回到了太上老君的丹炉里，回到了那七七四十九天的魔鬼炼狱。

疼。疼。还是疼。

眉毛烧着了。眼睛烧着了。头颅烧着了。

都快烧出累累白骨了。

疯狂的火焰，却依然不想放过我。

我知道自己快完蛋了。想不到俺老孙也有这一天。我死了，没有关系，世上不过少了只猴，可紫霞呢？

我的心里突然涌出一阵无法抑制的酸楚。我的眼眶湿湿的，像是有一滴水掉下来。

在灰飞烟灭之前，我最后看了一眼，心爱的紫霞。

四、大圣归来

我睁开眼睛的时候，看到那个姓唐的年轻人，站在跟前。

他笑呵呵得对我说：我已经考虑好了，要去西天取经。不知道，你考虑好了没有啊？

他的声音很轻，却在我耳中荡起洪钟般的回响。

我朝四周看了看，没有找到紫霞。

我问：你看到和我在一起的那个姑娘了吗？

年轻人摇摇头。

我又问：那这里是哪里呢？

年轻人笑了笑，说：这里，是你的心里啊。

不可能，如果这是我的心里，怎么会看不到紫霞？我大声纠正年轻人。

你戴上这个，也许就能看到她了。年轻人边说话，边从怀里取出一个金箍，交到我手中。

我不信。你骗我。

你试试不就知道了？年轻人继续用目光激我的将。

你敢骗我，我就打死你。说这句话的时候，我似乎找到了大圣曾经的威风。

我天真地戴上了金箍。但我依然没有看到紫霞。

我很生气。从耳朵里掏出金箍棒，准备好好教训一下这个满嘴谎言的年轻人。年轻人却摆了个酷酷的姿势，阻止了我。

年轻人问我：那你现在能看见谁？

我怒气冲冲得瞪着他，说：阿西，我能看见你妈。

年轻人对我摇了摇头，说：猴子，你曾经是神仙，可不能说谎啊。我都没见过我妈，你怎么可能见过？

好一个伶牙俐齿的年轻人，看来不教训教训你，你也不知道俺老孙的厉害。一念及此，我举起金箍棒，朝着他脆弱的脑壳，径直砸了下去。

年轻人看着我的金箍棒离他的头顶越来越近，不慌不忙地举起了两根手指。

虾米？难道他想用手指来直接夹住我的棒棒。连如来尚不敢如此托大，秃瓢如你，竟敢。我怒从心头起，暗暗又加重了几分力道。

棒棒还是没能如我所愿得砸到他脑袋上。真是邪门。就在棒棒即将接触光头的刹那，竟被他的手指硬生生得夹住了。夹死了。夹到不能动弹了。

我气得猴脸通红。拔也不是，敲也不是。好尴尬啊！

他却还是那副没心没肺的样子，问：你知道为什么打不着我吗？

我胡诌道：因为在我心里？

他的眼睛一亮，朝我竖了竖大拇指。BINGO，你答对了。那你现在知道为什么你看不到紫霞姑娘了？

因为她不在我心里。我反讽道。

恭喜你，又答对了。

那你刚才还说我戴上金箍就能看到她的？我恼羞成怒得质问他。

不好意思，我是骗你的。年轻人答得很自然，一点都不害臊。

原来我以为是深爱着的，心里竟不曾有她的一席之地。这样的发现真让我觉得沮丧。

可怎么会有你？我还是有些不甘，继续恨恨地问。

因为苦海无边，回头无岸，唯有看到我，我才能渡你。

可你能渡我去哪里呢？我惨淡得笑了笑。紫霞都不在了。我还能去哪个彼岸。我哪里都不想去。

我能渡你去她的心里。年轻人似乎一眼就看穿了我的小心思，不急不慢得抛出了他的诱惑。

五百年前，花果山有只山歌是这么唱的："这是一个恋爱的季节，大家应该相互微笑，孤独的猴，是可耻的。"我可不要成为那一只心里空荡荡的猴。没有紫霞。没有爱情。多可怜啊。

你真能渡我去她的心里？

我终究还是放不下爱情，放不下紫霞。不去她的心里看看，我做不到真的死心。但我知道年轻人肯定不会无缘无故的满足我的要求，所以，我接着问：你有条件？

　　嗯。有一个条件，就是陪我去西天取经。年轻人没有藏着掖着。

　　就这么简单？

　　就这么难。

　　我沉默了很久。又沉默了很久很久。终于点了点头。

　　你确定？

　　我确定。

五、风烟残尽，独影阑珊

长安很大。风很乱。

我和唐师傅走出城门。一前一后。

城门两侧站满了看热闹的人群。男男女女。老老少少。他们的表情兴奋。神色夸张。

唐师傅步履稳健，走过人群的欢呼，一副得道高僧的风骨。他身上的袈裟在风里鼓成一团。他以为人群是来为自己送行的，但人群当然不是来送他的，更不是来送我的。他们只是恰好挤在我们去的路上看热闹。

他们看着城门的上方，嘴里嘟囔着，叫喊着:亲嘴，亲嘴，快亲嘴。

我顺着他们的目光向上，看着城楼上立着一男一女。僵持着。

男的。好丑。

女的。只能看见一个背影。背影很娇小。有点眼熟。我应该是在哪里见过。但是，我想不起来了。

此刻，有一阵闷雷从山的那边，潜伏过来，炸裂在人群顶上，发出巨大的轰隆声。不只是谁喊了一嗓:打雷了。下雨了。收衣服去咯。

围观的人群顿作鸟兽散。满满的城门处，立刻显出空旷来。

我发现脸上有些凉凉的。应该是下雨了。

抬头。看到城楼上的男子正走到女子身边。轻轻吻了一下女子的脸。女子的肩膀抖了一抖。背影抖了两抖。看起来，她的怒火正消融在男子的柔情里。不一会儿，她就伸出手，亲昵得挽起男子的臂弯。

我听到她腕上发出一阵清脆的铃铛声。很久以前，我似乎也送过紫霞一串银质的铃铛。也能发出如此清脆的铃铛声。但我依然看不清她的模样。

走吧，悟空。我听见唐师傅在身后轻轻唤我。

我转过身，将金箍棒横搁在肩上。

好重。好重。

浮生流光

白素贞：我想我爱上你，是因为我寂寞

我是一尾等待千年的蛇。千年等待。千年孤独。

我的孤独都要怪一个和尚。他是我的救命恩人。

那一年，我妖力尚浅，天真贪玩，整天在竹林里烟视媚行舞弄风骚。许多还未修炼成形的男妖怪们都被我迷得丢了五魂六魄。女妖怪们则对我羡慕嫉妒恨。她们中的一些，会真心陪我玩。更多的，则在暗地里阴冷算计。女蜘蛛是潜伏得最深的。她先和我做闺蜜，一步一步赢得我的信任，又找准时机突然在背后下狠手，企图在一片寂寞的竹林里用漫无边际的蛛网困杀我。

在她长满绒毛的锐利角抓即将撕破我晶莹剔透的曼妙身躯时，和尚来了。犹如天神下凡。俊俏的外表。修长的体姿。一身白色的袈裟在风中猎猎作响。他手里的白玉钵真漂亮啊。通圆玉润，宝相内隐，佛光凛凛。可不知怎么的，对这么漂亮的钵我却生不出一丝一缕的觊觎之念，反而是有一种莫名的惊悚在心底隐隐。

他的白玉钵对准了蜘蛛精，口里念念有词。苦苦修炼了五百年的蜘蛛精竟然来不及做出一丝挣扎就被他收入了钵中。转眼，声声惨叫起。声声俱是灰飞烟灭。

他的钵又转向了我。我吓得全身战栗，惊惧不安的尾巴在竹林里掠起沙沙的一片。他看着我。犹豫了一会儿。收起了钵。伸出手，将困住我的网一把扯碎。

他修长的手指不经意中掠过我冰冷的肌肤。我发现心里有团火烧了起来，熊熊的。

他随着浅浅的光遁去了身影，却将我最初的心动牢牢锁在了记忆中的这一刻。

之后的一千年，我移居西湖，拼命修炼，幻成了人形，摇尾能水漫苍生，吐信能三昧真火，但我法力愈强，却愈是会想起他。无数个星辰落满苍穹的夜晚，我会想他。无数个荒凉与繁华交替的时代，我会想他。无数个自我放逐与自我凌迟的蜕换中，我会想他。无数个这一秒和下一秒之间，我会想他。

想他雕塑般的容颜在微风里闪着金光。想他温暖的目光穿过我冰冷的胸膛。想他如玉般的手指撩拨我少女般的欲望。想他浅浅的呼吸伴着我轻轻吟唱。

想起他的时候，我会食不知肉味，眠不过初冬。我有时会看着从天而降的亿万片雪，想，要是其中有一片，是他，该多幸福。

想他的时候，开始是幸福。后来就是一大片一大片的空洞。空洞噬咬着我的身躯，吞没了我的灵魂。我开始感到焦灼，不安，惶恐，惊乱。时间似乎越来越长，长到度每一个夜都会耗尽我的法力。而思念也越来越重，重到一个念头就可以将我的情绪全部摧毁。后来，我妹妹在断桥边的西泠印社偷了本书。书上说，我这样的病叫作孤独，孤独的病根是因为寂寞。

我不知道寂寞到底是个什么东西。为什么能盛放在荒芜的情绪里？

一日。我的孤独又在身体里无征兆地焚烧起来。寂寞也跟着潜进来，煽风点火。我的胸口像是有一块巨石重重压着，艰于呼吸。我实在是受不了这样的折磨了，我决定跃出湖面，去散散心、透透气。

此时，天，正下着雨。有一个人撑着一把伞从我面前经过。他身材瘦瘦长长的，依稀有着和尚的影子。

我心里的火一下子烧了上来。赶紧从他身后追过去。借故撞了他一下。他回过头。面目清秀，长的很好看，可惜，并不是和尚的样子。失望的情绪从我心底涌起，明亮的心情也瞬间黯淡了下来。

他却直愣愣地看着我，眼里升起一道光亮。

我转身欲走。他却一把扯住我的衣袖。他的手很暖。在我凝脂般的玉臂上烫出一道浅浅的痕迹。刹那间，我有一种被闪电劈中的错觉。

他说：姑娘，下这么大的雨，我的伞，你拿去吧。

他的声音很好听。温醇，充满磁性。

他不由我分说就把伞递到我手里。他的身躯有些瘦弱，衣衫间，有遮不住的书生意气。

西湖雨丝且密，不消一刻，他的发髻已是雨意淋淋。我撑着伞，回头看见他被雨丝浸没的青衫湿漉漉一团耷在他身上，不由得心里一软，慢下了离去的脚步。

后来，我才知道，这一停一慢一回头，是情，也是，债。是我一生的困局，也是我宿命的劫难。

青蛇：和有情人做快乐事，管他是劫是缘

我喜欢姐夫。

每一次我有意无意撩拨他的衣衫，亲昵而有失分寸地戏弄他时，他面红耳赤，手忙脚乱的表情真是让我欢喜死了。我喜欢老实巴交的男人。何况，他还是个面貌清秀的老实巴交的好男人。

我觉得姐夫和姐姐一点都不配。我知道姐姐心里装着个和尚。也不知这个和尚给姐姐施了什么法术，她会那么沉溺于对他的思念。不就是曾经有救命之恩吗？报答不就是了。何必非要献上身体，还献上灵魂。

我就觉得姐夫要比那个臭和尚强一万倍。姐夫对姐姐那是真的好啊。含在嘴里怕化了，捧在手里怕摔了。姐夫每天三更起床做七件事，柴米油盐酱醋茶。他的生活始终以姐姐的衣食住行为中心。他的情绪始终以姐姐的悲欢喜怒为中心。姐姐就是姐夫的太阳、月亮和星辰。姐姐向东走，姐夫向东走。姐姐向西走，姐夫向西走。在姐夫的世界里，姐姐就是他唯一的方向。但这些，我都不嫉妒。我嫉妒的是姐夫看姐姐的目光，不仅有眼前的苟且，还有诗和远方。

姐姐以为我不懂爱情。她真是错得离谱。我怎么会不懂呢。爱情这玩

意，是个女的就懂。

只是，姐夫的心太小，只容得下姐姐一人。

不过，我有一个秘密。姐姐和姐夫都不知道的秘密。有一天姐姐身体不好，潜入西湖底去修炼打坐，而我却在家里，幻化成姐姐的身姿，和姐夫行就了男女之事。姐夫的手仿佛有一种无法解释的魔力，指尖所到之处，我的身躯翻江倒海，我的欲海百花盛开。修炼五百年来，这样的快乐我从未有过。

可快乐的时光转瞬即逝。姐姐回家后，我的爱与哀愁都只能在夜里，只能在远远凝望熟睡中的姐夫的时候，才能孤独得展览上一两个时辰。我很不喜欢压抑自己的情感。但我没有办法。我左边是姐姐，右边是姐夫。我左右为难。

姐姐得到了姐夫。却不懂得珍惜。我想珍惜姐夫，却没有机会。我一直以为，爱就是占有。喜欢的，就绝不退让。现在，我才明白，爱里的，其实都是傻瓜。姐姐是。姐夫是。我也是。

可姐姐的心里还住着那个和尚，姐夫怎么可能幸福。姐夫不幸福。我又怎会幸福。为了姐夫。我得去会会那个和尚。有可能的话，我会杀了他。只有和尚死了。姐姐的心里才能腾出地方。姐夫才能住进去。

我觉得我这样做很傻很傻。但为所爱的人做傻事，不也是爱吗？

我在金山寺找到了那个和尚。他正在山里的一条清泉里洗澡。上身赤裸着。胸肌发达。一副胸大无脑的蠢样。我不明白姐姐怎么能喜欢这样的男人呢？跟姐夫根本不在同一个档次上。

可我不是姐姐，我代替不了她来喜欢姐夫。

想到这里，我幽幽叹了口气。

和尚的头上没毛，但他的耳朵真灵。他发现了我。

但他没有动。我怀疑，他是不是下身赤裸着。不方便行动。看来真是老天助我。我一个翻身，将娇柔的身子射进了山泉。大尾巴一盘，直接绕住了他的身躯。

他的身子热辣滚烫。呛得我全身直起鸡皮疙瘩。但我忍着，不能动。

我不动。他也不动。我们就相互缠绕在微风下的清泉里，如一对忘记了时间的恋人。

他的眼睛睁着。很大。似两个铜铃。他以为我没有见过这么大的眼睛。难道他会天真地以为我会怕一双铜铃般的眼睛？我不怕。所以，我也回瞪着他。

我边瞪着他边说：你敢不敢和我来一个赌约？

他厉声道：妖。你有什么资格来和我赌。他的声音哑哑的，一点都不好听。

我激将他：你是不敢？怕了？

他说：我会怕你这小小的蛇妖。

那你敢不敢赌？

赌什么？他还是上当了。看来，他的智商也不高。

赌我们谁先眨眼。谁先眨眼。谁就输。输了的。自毁法力。如何？

和尚想都没想就满口答应了下来。他干脆利落的态度表明他似乎胜券在握。但也只是似乎而已。

当他的慧眼里晃过一丝上当了的目色时，我刚刚脱下最里层的薄纱亵衣。我泛青色的肌肤磨蹭着他宽大的耳垂，我玲珑的双乳蜿蜒过他吞吐的呼吸。我用尽一切手段挑逗他勾引他魅惑他。我不相信，他心里的佛能抵挡住这无边的春色。

我看得出和尚在强忍着。他的脸颊已经泛满了红晕。他的眼神已经布满了欲望。豆大的汗珠从他的额头滑下来，重重砸向他圣洁的眼眉。

他已经处在了崩溃的边缘。我现在所要做的，就是给出最后一根致命的稻草。

我轻轻甩了一下柔软的尾巴，竖起光洁的鳞片，从他的腰肢盘下去，绕过大腿，精准而有力得裹住他生命的坚硬，狠狠的。一紧再紧。

和尚想不到我竟然如此大胆。竟敢如此大胆。吓得身体一个机灵，双目也瞬间阖起，嘴里开始念起我听不懂的咒语。

他的身体开始变得通红，如一尊烧赤了的金身，在我的包裹下滚滚发烫。我感到贴紧他的肉鳞有一种被撕裂的烧灼感，惨叫一声，松开了束绑。

此刻，和尚早就顾不上仪姿与风度了，他赤身从泉水里往半空一跃。顺手，扯过一座塔，铺头盖脸向我罩落下来。

无边的黑暗从我的头顶落下，将我与世界隔绝开来。他在塔中布下的咒语是最恶毒的剥夺咒，正一穴一穴将我的七窍锁住。在我永远不能开口说话之前，我听到自己最后的呐喊。

死秃驴，你竟然骗我！

法海：就像是一块没有记忆的石头，滚来滚去滚到了山的尽头

我叫法海。是个捉妖的和尚。

我曾经问师傅，我能不能做个有气质的和尚，不动刀剑，只提笔作画，赋诗弄曲。师傅还没听我说完，就赏我一个大木鱼。他告诫我，如果，我再敢这么胡思乱想，问东问西的话，就让我滚蛋。

我是个胆小的人，听话的人，脱离了低级趣味的人。我果然不敢再多问一句，再多说一字。

在师傅圆寂前的那一天，他把我叫到他床前，用颤巍巍的声音对我说：人有人的天赋，妖有妖的天赋，而你的天赋，就是捉妖。如果你不去捉妖，你就是个废物。

我不想做个废物。所以，我只能做个捉妖的和尚。从此，我的世界黑白分明，上是天，下是地。从此，我的眼里容不下一粒砂子，不是人，就是妖。

青蛇骂我不守诺言，骗了她。真是笑话。对妖，哪里来这么多的规矩。其实，我对她已经网开了一面，没有用我的玉钵收她。要不然，她哪里还有骂我的机会。

我从来不恨妖，但我对妖也从不手软，我得有职业道德，不是吗？师父说放下屠刀回头是岸。但我知道这话只是官方语言，当不得真。以我这么多年捉妖的经验判断，妖，除非灰飞烟灭，否则，定会卷土重来。

在我向佛捉妖的大道上，我很少犯错误。唯一犯过的，是我出于恻隐，曾经放过一个蛇妖。

一千年的殚精竭虑尽心尽责让我离修成大道圆满只差一个心跳的距离。可到底是谁的心跳呢？我不知道。

不过，刚刚被我夺去七窍的青蛇却用她的出现提醒了我，就在她刚才裹住我身体的一刹那，我脑海里想起的，竟然是那条已经过去千年的小白蛇柔软剔透的身躯。

原来，在我的心里，我从未忘记过她。

怪不得我最近老是冷汗淋漓。原来，记忆中的那条白蛇已经成为我去往成功道路上的唯一业障。跨不过她，我就无法得成圆满。

都说尘缘如梦。善念如风。我已经给了她我的善。她也做过了她的梦。现在，一切都该醒了。

我在西湖的断桥边，找到了那条白蛇。

让我生气的是，我看到她的时候，却意外发现有一个又高又瘦又白又帅的书生陪在她身边。他看她的目光让我很不舒服。可惜，他不是妖，否则，我先灭了他。

但我的生气和不舒服不能找那个白面书生去发泄，所以，我只能将满腔妒火对准白蛇。我试图用我的厉声呵斥来掩饰内心那不为人所知的秘密：大胆蛇妖，竟然魅惑苍生，还不速速现出原形，束手就擒。

说完，还不等白蛇回答，我就祭出了我的白玉钵。

钵在半空滴溜溜乱转，似乎，还没有做好最后的决定。

白蛇也看到了我。不知道是我的错觉还是幻象，我发现她眼里没有一丝惊惧与惶恐，竟似还有喜悦。这蛇是吓傻了吧？死到了临头，还能生出欢喜？果然是妖孽啊。

你的妹妹已经被我收服。今日，你也逃不出被收服的结局。我虽然感觉情况有些不对，但还是用这一番话，自己给自己打气。

其实，你不用收我，我早就服了。白蛇看着我，突然笑了。笑得那么灿烂，那么不真切。

只是，你能不能放了我妹妹。白蛇的眼波一转，流露出一丝悲伤的眼色。她终究是念着姐妹之情的。都说亲情是人的弱点。原来，妖也是。

但我的回答很干脆，我说：不能。

白蛇应该是怒了吧。怒急攻心？怒不择路？就见她将身影不可思议的一摇，现出了原形。

白蛇的突然变身显然吓坏了她旁边的书生，他惨叫一声，晕厥在地。

白蛇侧脸看了他一眼，眼神冰冷，毫无留恋。她的身子没有做一丝停顿，用蛇尾往地面一杵，原先窈窕的身姿瞬间跃上了半空，而且在升腾中不断暴涨，蛇身、蛇腹、蛇尾在半空延绵几十里，上下翻腾着，将平静的天空卷起了千层流云。

没有来由的雨，说下就下了。眨眼工夫，就兜头兜脑倒泼下来，密密如织，铺天盖地。

满湖池水也跟着白蛇的扭动心有灵犀得翻滚起来，遥映的西湖三潭在阵阵腥风中摇摇欲坠，如三叶孤苦无依的扁舟。

只是，风大，雨大，浪大，又怎大得过我手指捏成的般若兰花。

我的身子也开始幻化，金色的光从我身体里如丝线般涌出来，在我背后的云层上，折射成一尊撼天的巨大佛像。

照理，白蛇应该臣服于我的伟力。要么落荒而逃。要么缴械投降。但她都没有。她甚至都不曾有过停顿。蛇身一扭，以头为石，向我恶狠狠撞来。

她想和我同归于尽吗？如此决绝，又如此舍命。

我赶忙祭起金刚杵，拦在她的前头。又遥指白玉钵，砸向她的七寸。

就听得啪啪两声，金刚杵和白玉钵双双轻轻脆脆结结实实得打中了她。那么轻而易举，又那么匪夷所思。

白蛇的身影迅即变回人的模样，从半空掉落下来，重重砸在西湖波浪滚滚的湖面上。

殷红的血顺着她的嘴角滴落下来，染红了整个湖面。但她的脸上却挂着浅浅的笑，眼睛里隐约着释怀。仿佛这就是她想要的结局。

这就是她想要的结局。救小青，是她和她的姐妹情。别相公，是她和他的缘分尽。战金身，是她和我的人妖殊。求赴死，是她要还我千年之恩，给我千年之情。

在来之前，我掐指算过今日的战果。我猜中了开头，却没猜到结局。我不知道这条蛇那么傻，她会蠢蠢得撞过来，撞得粉身碎骨万劫不复。

一直困着我修行的障在这一刻突然消失了。我发现我能清清楚楚看到白蛇的过去和现在。我清清楚楚看到了她的等待。她的忧伤。她的孤独。她的寂寞。我看到她千百遍在宣纸上临摹我的肉身，描绘我的名号。我看到她在无数个夜里辗转反侧，嘴里轻轻唤着我的名字。她唤我小和尚。

我忽然觉得心里好疼好疼。好像在身体里活着的，都裂开了，都死去了，我翻下云层。跳进西湖。将她正在渐渐冷去的躯体从湖面里捞举上来，拥入怀里。

她的身体好冷，呼吸沉重得有进无出。声音微不可闻，但我还是听清楚了她要和我说什么。

她说：小和尚，我等了你一千年，终于等到你。我很高兴。我不怕死，也不怕灰飞烟灭，我怕的是我直到死，都没能再与你相逢。我知道你我身份悬殊，我是妖，你是佛，我爱你是自不量力，但我没有办法，我就是爱你。谢谢你一千年前放过我，让我有机会幻成人形，去爱，去思念，去等待，去伤害。可小和尚，你知道吗？等待太长，太苦，太累，所以，我宁愿在这一刻幸福得死在你怀里，也不想在没有你的日子里，再苟活千年。只是，你能不能放了小青，小和尚？就当我求你了。第一次，也是最后一次。

她的一句句小和尚叫得我心如刀割，肝肠寸断。我点了点头，抱着她的手用力紧了一紧。她还想努力地再说些什么，只是她的声音越来越微弱，她的呼吸越来越急促。我看到她嘴巴一张一合的，但我没有听清楚，她最后想要和我说的是什么。

修炼千年的白蛇，死了。她在我的怀里显出了原形，冰冷，丑陋。我抱着她腻得僵硬的腹肢，悲恸无声。仿佛，这一刻死去的不是白蛇，而是我。

你在红楼，我去西游

1

我叫紫霞，是翠红坊里的头牌。我喜欢跳舞，喜欢所有的男人看着我的时候眼睛里只有欲望。我不跳舞的时候，会靠在窗边嗑瓜子。瓜子皮落在绣楼后面那条叫作"秦淮"河里的声音很轻，但很好听。白天，我就是个无趣的女子。我的媚艳都留给了夜晚。平日里也有小姐妹问我喜欢怎样的男子。我说他一定是个不平凡的男子，有一天，他会踏着七彩祥云前来接我。前几天我遇见了一个叫作至尊宝的男人，好像很有钱，也很色。他的手总是喜欢在我胸上到处游弋。我不喜欢他，所以，有一天，我会吻他，把他吸干。很多年前，我曾讨厌另一个男人。我曾把他吸干。其实，不是所有人都能有被我吸干的福气。毕竟，在死之前，他们先能享受我最柔软的唇舌。那个男人死的时候，我没有一丁点的负疚感。

我以为，这世上，所有贪色的男人都该死。我不过是成全了他们。

2

我叫至尊宝。我喜欢翠红坊里那个叫作紫霞的女人。女人长得很清秀，但跳舞的时候却自有一种说不出的妖媚，让我忍不住想对她好生轻薄。她的肌肤粉嫩，会让我想起白晶晶。白晶晶曾是我的妻子，曾经也有这样的妖媚与粉嫩。后来，她和另一个男人相约私奔，被我抓了个现形，她倔强得护着那个男人，甚至不惜和我刀剑相见。她把玉碎刺入我身体的时候，没有一点犹疑。玉碎是我送给她的定情信物，她却用来刺穿我的生命。那个瞬间，我真想杀了她。可是，我不是白晶晶，我做不到一刀两断。看着她和他相携离开的背影，让我有一种万念俱灰的死寂。从此我就爱上了欢场。爱上了逢场作戏。整日都流连在玉腿俏臀之间，用春光打败时间。可是，当我看到这个叫作紫霞的女子，我早已石化的心竟又开始怦怦地跳动。这么多年了，终于要活过来了吗？

那是因为，我爱上她了吗？

3

许多人都不知道，至尊宝永远都不会老。他永远都不会长出白发，堆起皱纹。我一开始认识他的时候，他就是这般的丰神俊朗。许多年以后，他依然是这样。我是白晶晶。我曾经是至尊宝的妻子。我爱他，到现在为止，依然爱他。但我知道，他恨我。很多年前，我自导自演了一出私奔的好戏。我是故意让他抓到的，只有这样，他才会对我真正死心。那天，我用尽全身的力气才将玉碎刺入了他的身体。我看见他的心在我的面前一寸一寸死去。但我忍住了心里的疼与不舍。我装出一副毫不在乎的样子。因为，我不想让他看见我的白头。不想让他看见我满脸皱纹，脊背佝偻的样子。我不想让自己成为他的一个笑话。我不能容忍自己在他的身边慢慢变成一个老妪。他放我离开的时候，脸色惨白，像极了一个死人。我是笑着离开的。

但他没有看见，我转身后流下的红色的眼泪。

4

我第一次在火焰山看见白晶晶的时候，她正坐在一株桃树下悲伤地流泪。半空里尘沙飞舞，四周枯败的桃树林立。白晶晶是个漂亮的女人，漂亮得连我都有些嫉妒。只是人间常说，自古红颜多薄命，看见她哭成这个样子，我想这话应该是真的。我问她：妹妹，你很伤心？白晶晶说：没有，我只是在想念一个人。"他偷走了你的心？"我又问。白晶晶点了点头。我劝她说：妹妹啊，别哭啦，没什么过不去的坎。女人最惨的，就是自己为难自己。如果，他真偷了你的心，听我的话，把他杀了。

但我很明白，我也只是说说而已。其实最惨的不是白晶晶，是我。

每年七月初七，我都会到火焰山去。山上有一片桃林。我在那里等一个人。我等的人每年都没有来，但我还是每年去等。我怕我不去了，他来了，我们就彻底错过了。我等的人是我这一千年来唯一爱过的男人。那时，我刚从蜘蛛精修炼成人形，就在火焰山的一株桃林下遇见了他。那是我第一次离开兽的世界，那是我第一次遇见眉清目秀的人。我从看到他的第一眼就喜欢上了他。很多年后，我才知道，人世间有种感情叫作一见钟情。

那时，他每天都会带不同的书卷来这片桃林修读。每次，他朗朗诵经的时候，我就蜷伏在他身边，像一只温驯的犬。我越是卑微，他越是自信。他说，他就是爱我低到尘埃里的样子。那年的桃花开得特别丰盛，他说给我取个名字吧。我说：都听你的。他轻轻在我的脸上吻了一口，说，今日是三月十三，春意妖娆，桃花横行。那我就叫你春十三好了。我听得心生欢喜，娇嗔得答道：好啊。我终于有自己的名字了。但是，我只许你一人唤我的名，一辈子。

他和人间所有其他男子一样。被女人养尊处优惯了，就想出去考取功名。我用眼泪和缠绵都拴不住他的心，只能顺了他的意。他是四月初七走的。走之前，他对我说：等我，七月初七前就回来。所以，每年七月初七我都会在这里等他。我只是忘了问，他会在哪一年的七月初七回来。

那一天，白晶晶成了我的妹妹。她说她会和我一起找那个男人。那一天，我告诉白晶晶，我等的男人有个非常好听的名字。那个人，叫，唐三藏。

5

我不知道原来考取功名有那么难。在火焰山，我可是出了名的才子，琴棋书画样样精通。没想到，京都的天真大。京都的能人真多。我就像一滴水掉入了海里，瞬间就成了泡影。开榜的那一天，我早早和一大群人赶到金銮殿的门禁处，寻找结果。一面白色的墙上挂着一块红色的布。上面有许多人的名字。我看了半天，从头找到尾，从尾回到头，却始终找不到我的名字。

口袋里的盘缠已经用得差不多了，七月初七也只剩下十几天。我在纠结着：要不要回去？我知道春十三一定会在那一天，在火焰山的那株桃树下等我。想起她的温柔眼神，我的心就柔软起来。很多年前，父亲过世前曾告诫我说温柔乡就是英雄冢。那一年，父亲死在母亲的怀里，泪眼斑驳。父亲一辈子都没什么出息，他生前唯一的愿念就是希望我能给唐家赢取一份功名。但是，对不起，父亲，我要辜负你的在天之灵了。因为我想回去了。我想就这样和春十三厮守一生。我不要什么功名。现在，我要的，只有爱情。

这几天，天气特别不好，老是下雨。泥泞的山道很难走，我好几次从马上摔下来，烂泥覆脸，狼狈不堪。但我还是紧赶慢赶着，朝着火焰山的方向，行进。某天，走得乏了，刚好寻见一座破败的寺庙，就走进去，暂作避雨与休息。顺便啃几个早已干掉了几日的馒头，充饥。庙里有一尊泥塑的菩萨，很面熟，但我想不起来在哪里见过他。

雨越下越大，好像是天上的神仙哭得上了瘾。电闪雷鸣也跟着作怪，将渐渐暗下来的天色涂得铁青。我感觉有点困，就倚在一根石柱的后面，小睡了一会儿。也不知道睡了多久。我觉得身上有些冷。醒来，雨，好像停了。缚在手上的丝带已经被人解开。我的包裹和盘缠竟然不翼而飞。更让我觉得哭笑不得的是，我的衣衫也给人扒得精光。就像那一尊一直在看着，却永远不出声的泥塑的赤裸的佛。

正懊恼跳脚怒骂间，庙里进来一个胖墩墩的男人。男人长着一张很圆的脸，有一对很大的耳朵，像极了我家隔壁的张财主。他看我可怜，就递给我几个还散发着余温的包子。他问我要去哪里。我说我要回火焰山，他说他也要去火焰山，就一起吧。我说好。

我们走了很多天，却一直没有走到火焰山。有一天，在路上，他问了我一个问题：你知道大日如来真经和儿歌三百首有什么不同吗？我想了很久，回答他说：大日如来真经不就是儿歌三百首吗？他笑了笑。点了点头。从此，这一路他就再也没有开口说过话。

很多年后，他成了我的师傅。又过了很多年，他成了很多人的师傅。我不知道师傅的真名叫什么。我只知道，所有人都尊称他为如来佛祖。

6

很久以前，在我还是凡人的时候，我是个富二代和官二代。只要我开口，就有约不完的女人和用不光的金钱。然而，对于轻易就能唾手而得的，我从来就不懂珍惜。这样的日子从一开始就让人生厌，但在许多人眼里，他们都艳羡地以为那是我几生才修来的福祉。后来，我成了家。我的妻是个天下无双的美人。后来，我有了孩子，生得聪颖灵慧。但我还是觉得不快乐。不圆满。我总觉得我的快乐与圆满不应该是现在的面貌，现在的样子。或者，是我的心太贪了？

那一年的夏天，太阳特别白。我坐在一颗菩提树下，大汗淋漓。没有风，没有香气，我却听见大殿檐角的风铃清脆作响。荷塘上的莲花正开得饱满，雪白的，像我手指拈出的形状。好像有人在我的耳边窃窃私语，我听不清。是妻温柔的喘息？是孩儿清脆的啼哭？是父王谆谆的嘱托？是百姓臣服的迎合？是路边乞丐卑微的讨唤？还是残缺之躯发出痛苦的呻吟？好像，大千众生所有的声音都能一丝一丝清晰得灌入耳中。这许多的声音，开始很轻，慢慢的，像一朵云般地堆积，像一片海般地汇聚，像一棵树般地生长。最后，在心底电闪雷鸣。这时，不知是谁在我身边大喝一声：放下。如五雷轰顶般，我的天地，突然一片澄明。

后来。我忘了我是怎么变成别人的佛。我只是慢慢忘记了自己的名字。自己的曾经。

在我刚刚成佛的那会儿，有位神仙赠了我一盏明灯。里面有两根灯芯纠缠着，一根紫色的，一根青色的，像两个女人的躯体。在仙界，所有的物事都能修炼成仙，石头，桃子，灯芯，都能。于是，紫色的灯芯修炼出了明媚的紫霞。青色的灯芯修炼成了沉郁的青霞。又过了很多年，我发现了两根灯芯蠢蠢欲动的趋向，但是我没有阻拦。我知道，她们的佛，要她们自己去领悟。

她们争先恐后下凡的时候，我就在云层里看着。那一日。天上堆起了七色的祥云。地上有个叫作花果山的地方，蹦出了一只不老的石猴。我一路看尽她和他命里的劫数。

但这是她和他的命。我无能为力。我忽然想起了我曾经也像他们一样，有自己的爱情。有自己的悲欢。有自己的嗔痴。我甚至想起了我的肉身，我的女人，我的孩子。但我终究不能再做回他们了。现在，我是佛。我是天下的信仰。我只有放下屠刀，才能普度众生。我的屠刀，就是我的过去，就是我的记忆，就是我的曾经。

我是释迦牟尼。我是如来。我是你。我是他。我是一切。

但我，不是我自己。

7

宿命，总是喜欢在冥冥中，翻手为云，覆手为雨。

果

好些日子没见着至尊宝了，紫霞的心里有些想念。虽然她还是很讨厌他轻薄她的样子，但渐渐的，这样的轻薄竟也成了她的习惯。最近，有位姓牛的公子老是来纠缠紫霞，让她心里长出了讨厌。不过，紫霞却一点都没有想要吸干牛公子的念头，因为只要看见牛公子厚嘟嘟的嘴唇就会让紫霞连续好几天的反胃。原来，讨厌一个人，和不讨厌一个人，截然不同。

一个白天，紫霞闲来无事，倚着窗阑，把玩着针线。锋利的绣花针在薄如蝉翼的丝绸上游走，似乎像是长着魂灵一般。等紫霞停下手里的针线，一张似曾相识的脸已经轮廓分明。这张脸那么熟悉，却又那么陌生。紫霞一下子并没有想出来他到底是谁。

这时，门口小厮尖锐的嗓音从前院清晰得穿透整个翠红坊。

"至尊宝打死人了。至尊宝打死人了？"

紫霞一惊，急急地出门唤住了小厮，切切地问："至尊宝打死谁了啊？"

"听说，好像是牛公子。"小厮的回答有些迟疑。

紫霞一听，心里忽然涌出一阵无来由的疼痛。手中的绣花针，也惊慌地跌落到了木楼地板上，发出一阵刺耳的铿锵。

种因

"你喜欢谁都没有错，只能怪你命不好，你不该喜欢紫霞。"

这是牛公子看见至尊宝硕大的拳头砸碎他的脑袋瓜子前，最后听见的一句话。

对于心爱的女子，至尊宝好像总是有些无能为力。每晚，当他抚摩胸口那如鬼魅笑脸般的伤疤时，总是会想到白晶晶对他的伤害。但他已经慢慢地不恨了。其实，不恨一个人，要比爱一个人，还要难。

听说最近有个叫作牛公子的老是在纠缠紫霞，这让至尊宝心里很不爽。但欢场中，大家都只是玩玩而已，谁也不应该多做计较。但至尊宝越是这样开解自己，反而越是焦灼暴躁。每次只要看见有男人靠近紫霞，他心里就有一种想要上前保护的冲动。这样的念头，像是一个心灵的魔咒，随着时间，不断滋生与紧箍。直到，有一天，至尊宝发现自己再也无法抵抗。

于是，至尊宝准备去找紫霞，和她摊牌。她爱也好，不爱也罢，至少都应该让她明明白白。去的路上，有个长满白发的老者拦住了他。老者告诉他：我知道施主要去做什么，但你还是别去了，这一路，红尘滚滚，劫难频生，施主此去，恐有杀身之祸。还是就此回头吧。回头是岸。

但老者并没有拦住至尊宝。至尊宝想做的事，谁也拦不住。

至尊宝离开之前，最后对老者说：我此去，并无他念。我只想和有情人做快乐事，管他是劫还是缘！

果与因

唐三藏和那个胖墩墩的男人走了很多天，都没有回到火焰山。一路问遍所有的路人，没有一个知道有火焰山这样一个地方。火焰山，从此成了唐三藏一个解不开的谜题。

剃度前，师傅问唐三藏还有什么放不下。他想了想，张了张嘴，但终于没有发出声音来。同一天，火焰山的地底突然喷出了滚滚的烟和熊熊的火，将方圆五百里的桃树林全部毁于一旦。听人说，那天桃树林里有两个女子被烧死。人们都不记得她们的模样了。只知道，她们很美。

宿命的轮盘

唐三藏永远不知道，无论他朝哪个方向走，无论他走多少天，他都始终到不了火焰山。他的宿命在他回答了佛祖的问题之后就已经被注定。他今世来世三生三世都已经被佛祖预定，除了修佛，他别无他途。

春十三也永远不知道，她一辈子都等不到唐三藏了。哪怕再等五百年，哪怕再等一千年。因为不久之后，火焰山会真的成为火焰山。而她，也将和桃树，和等待，和思念一起，被烧化为时间的灰烬。

手心里纠缠的曲线

白晶晶看见火焰倒卷过来的时候，想起了至尊宝。要是现在还在他身边，也许就不会死在这火海之中了。但是命运不可逆转，种下的因，得出的果，环环相扣。也许，这就是负了至尊宝的报应。只是，希望，他能幸福吧？他幸福，她也就瞑目了。

往

至尊宝被押解到法场上的时候，一点都不害怕。杀人偿命，是他早就知道的结果。那天法场围了很多人，里三层外三层的。至尊宝很用力得在人群里望着，但他没有看到紫霞。

紫霞把一根红色的绸缎从梁上抽下来，顺手打了一个死结。她是在那一个瞬间突然爱上至尊宝的。她以为，这样的爱，这一辈子都无法体验。

但就在那天，就在绣花针掉落的那天，就在有人告诉她至尊宝用拳头把牛公子打死的那天，她，忽然爱上了他。那天，天空堆满了七色的云彩，像极了紫霞幻想中结婚的场面。可惜，她只猜中了开始。原来，开始就是结束。

旁观斩刑的人越聚越多了。有些按捺不住的，甚至已经在大声地欢呼，鼓掌。已经有多少年没看过人头落地了，血腥的重口味让很多人的阴暗面蠢蠢欲动。至尊宝像一块冷静的石头，在众人的癫狂中屈膝。周围的喊骂他一点都不在乎。他只是在努力回想白晶晶的面孔。但是，很抱歉，他再也想不起来了。

紫霞用力踩了踩脚下的楠木方凳。凳子很沉，稳如磐石。很久以前，她记得师傅和她说过：如果今生太苦，别怕，还有来世。紫霞现在一点都不怕，她只想，早点去往来世。

刽子手的刀，亮的像一面镜。至尊宝看见自己的影子，有些消瘦。他隐约听见有人在下面说他像只狗。他笑了笑。笑容有点苦。也许紫霞不来，是件好事。她看见我脑袋落地，一定会哭吧。想到这里，至尊宝的心有点疼。这种感觉很好，已经久违了，心疼。

听说今日午门要斩杀至尊宝。紫霞本来想去看的，她想等至尊宝死了，自己才会有赴死的决绝。但想来想去，还是不去了。听说一个人死前会很丑，她不想看见至尊宝丑陋的样子。

那一天，这座不大不小的土城下了一场罕见的暴雨。那一天，这座不小不大的土城死了两个人。一个男人，听说是被斩首的。一个女人，听说是上吊死的。那天是七月初七。黄历上说：今日有雨，孤星入命，万事不宜。

因果

我种下因。我种下果。我种下今生。也种下来世。

其实人间的一切都是幻境。

去纠缠紫霞的牛公子，是我。拦住至尊宝的老者，是我。唐三藏回火焰山的路上问过的每一个路人，是我。火焰山上的烟和火，就是我。砍下至尊宝脑袋的刽子手，也是我。吊死紫霞的红绸缎，还是我。这所有的劫难都是我。他们都不知道我本来的面目。他们以为这是宿命。可是，我不是宿命。我是佛。我是释迦牟尼。我是如来。我是你。

我是他。我是她。我是一切。

但其实，我也是幻境。

双陈记

一

　　元历737年。深秋。落马镇。暴雨将歇。黄历上说：今日，大风朝北。
宜祭祀。忌出行。

　　"这该死的秋雨。"卢掌柜嘴里暗暗嘟囔着，紧了紧身上的衣衫，还是觉
得有些寒意逼人。今年的秋天真是奇怪啊，冷得这么早，才刚入秋，就已
有了隆冬的迹象。卢掌柜一边搓手呵气，一边从酒柜里取出一个瓷酒壶，
给自己倒了一杯浮白。浮白是落马镇独有的一种酒酿，入口微甜，但劲力
很大。卢掌柜只是稍稍呡了一小口，就觉得有团火灌入了肠胃，在骨骼间
一阵灼烧，先前身上的寒意也早已消弭了大半。

　　卢掌柜的个子不高，敦实的身躯配上一张胖胖的圆脸，显出一团慈

祥。他是土生土长的落马镇人，十五岁时从过世的父亲手里接下了卢氏酒肆的旗号，一开，就是三十年。酒肆的生意一直都不错，因为落马镇地处陈国和姜国的边界，是两国往来的必经通途。虽说最近九州列强战事频繁，但盘踞在南方的陈国、姜国因为陈王与姜国郡主的联姻已二十余年无战事，百姓也算得上安居乐业。卢掌柜就如此坐拥天时地利，把酒肆做成了陈姜边境最大的肆栈。

酒肆门前那条丈宽的土道就是连接两国的通途了。许是秋雨连绵的缘故，平日里飞扬跋扈的尘土湿漉漉地躺倒在地，整条驿道被薄如雾气的雨丝勾勒得氤氲如仙境。远远望去，只见已缩成一小点的山岭间有一条隐约的小径蜿蜒出来，顺着两边开始枯瘦的树林慢慢在酒肆过弯处放大，又随着目光的穷极，在另一处山岭间蜿蜒缩小。

已近正午，还不见有什么人路过。卢掌柜轻轻叹了口气，招呼店里的伙计们围拢，沽了点酒，上了几个菜，正欲开筷，忽听得一阵铃铛声从风声里潜逸过来，清脆而幽远。而后，一直在雨声里推弄的风声仿佛被这突如其来的马蹄声截断，呜咽成一种悲凉的叹息。声音此起彼伏，由远及近，将一座安静的小镇蹬踏得铿锵作响。

终于来客人了，而且人数还不少。卢掌柜赶紧移步走到门口，径直跃进眼帘的是一支庞大的马队。

为首的是三匹火红的战马。卢掌柜还看不清骑者的样貌，只是隐隐觉得都该是年轻人。紧跟着战马的，是两辆长约数丈，宽宥丈余的巨型帛色战车。战车后面，是盔甲分明的数百铁骑，炭灰色的马匹，明晃晃的长矛，刀戈上甚至翻卷出让人有些恶心的血腥气。整个车队像一条警觉的巨蛇，舌尖吐着红信，迅捷地游爬过来。

卢掌柜在此营生了数十年，却很少看见这种庞大的阵仗，心不免咯噔一声，起了忐忑。正恍神间，车队已经呼啦啦的一片，直指眼前。

跟着马队而来的还有头顶的乌云，黑压压的一片，压倒在酒肆的半空。

卢掌柜忽然有些喘不过气来了。

二

陈京从红色的"赤火"上翻身下马，立定了好一会儿，仍感觉双腿在轻微地颤抖。这一路的奔袭让他感到了深深的疲累与厌倦。

懂事以来，陈京一直都在父王的呵护和母妃姜氏的疼爱中长大，从未吃过如此之苦。他是陈国的世子，是姜国郡主的唯一嫡亲，更是陈王最溺爱的王储，虽说他的脾性一直都温文敦厚，很少摆出王室的贵胄之风，但无论他如何谦逊内敛，他的血统注定了他就是陈国最高贵的一族。有时，正因为他的好，他身边的人就更不会让他受一点点的委屈。他甚至有时会想这世上是否真有别人口中的苦。

直到有一天，他再也不能拜见父王。他经常看见母亲在深宫里垂泪。他有时也会问母亲，父王怎么了？但母亲回答他的永远只有眼泪。

在宫里，陈京曾经有很多玩伴。但从见不到父王的那一刻开始，他的玩伴就经常无缘无故的消失。他曾想找个名将教他金戈之术，但偌大的王都，却无一人敢为他之师，除了太傅苏孟尝。所有臣将都对他躲而避之，他们在他百步之外叩首，又在转眼之间消失。从那时起，陈京开始明白了父王的巍巍权柄。

一日，母亲把他叫到宫里，对陈京说：京儿，这王宫太大，我离你又远，住在这里太清冷了。母亲说这话的时候，声音微颤。

陈京紧紧攥住母亲冰冷的手，沉默了好久，才抬起头，答道：母后，那我们搬出宫吧？儿臣听说，外面的世界比宫里要暖和。

母亲没有再发一语，只是看着陈京，轻轻点了点头。

他们搬去的地方是与王宫有一墙之隔的春风居。听宫里的宦人们说，春风居里住的都是行将老朽的臣子。陈京和母亲搬进去的时候，春风居里却没有一个人。

就这样，陈京和陈妃姜氏在春风居里一住就是三年，直到母亲的弟弟，他的舅舅，也就是姜国的储君姜文博从姜国来探望母亲。两个人就躲在到处都是腐败气味的厢房里，说了一天的悄悄话。次日，姜文博在拜碣了陈王后并没有在王都久留，午时刚过就策马回姜。这次探亲并没有改变陈京的命运，只是从此，陈京的生活中多了两个玩伴。两个玩伴的年龄都要长于陈京，身材魁伟而粗黑壮实的，唤作麦田；身材颀长而样貌清秀的，叫作织远。

也许是陈京身边已经很久没有伙伴的缘故，麦田、织远和陈京很快就成了无话不说的死生之交。太傅苏孟尝每隔一旬都会来春风居给陈京上课，但每次陈京想要询问父王的消息时，太傅总是沉默不答。陈京能感觉到宫中肯定发生了非常之变故，但陈京却一直不知道这变故到底是什么。

十日前，陈妃姜氏突发疾病。陈京当时正在郊外涉猎，等赶到春风居时，母亲已经驾鹤西归。等到死，母亲都没能最后看上陈京一眼。守灵七日，让陈京好像突然变了一个人。他开始变得沉默。有时会拔出自己的佩剑，默默地一遍一遍地擦拭。有时，则会呆坐窗前，看上一两个时辰的云起星落。他的眼睛里早已没有了光，天地间，只剩下黑暗。

还是太傅苏孟尝向陈王禀奏，荐言陈王能准许陈京以世子身份护送陈妃姜氏的灵柩返回姜国。这是陈国的祖训，所有的妃子若死在王之前则应遣回原乡立坟，墓碑应朝着陈国的方向，死生阔契。但陈王并没有答应，还命人直接将尚在论理的太傅赶出了大殿。苏孟尝却不气馁，一边捎封书信给姜文博，请求姜国派出了最精锐的骑卫，在王都之外三百里迎候；一边又假装抱恙染疾，带着随眷，藏好陈京与陈妃的棺柩，从王都出发，一直将陈京送出了三百里。

陈国的古道略显荒凉得杵立在群山之间。风声远远的，带着呜咽。太傅苏孟尝有些吃力地从马背上翻下来，跪倒在陈京的火红色战马前，说道：世子，你离开了王都，从此就该是个成年人了。老朽已年迈，不知道是否还能等到世子回朝，其实，我心里有很多话要对世子说，只是时间不够了。世子宅心仁厚，他日之功德必当不可限量。望世子将来能看在老朽的份上，善待陈国之民，那将是陈国之幸，天下之幸。

苏孟尝说得情义拳拳，而陈京却只是在马上怔怔地端坐着，眼睛里依旧毫无光泽。他望着太傅满头的白发，想起他对自己曾经的谆谆教诲与现在的悲凉告别，心里百般不是滋味。陈京很努力地想要说些什么，却终于还是用沉默代替了回答。

天空，开始有阴雨飘落下来，陈京慢慢牵了一下缰绳，一转头，低喝一声，朝着远离王都的方向，缓缓驰马而去。已经等候在王都边境多时的三百铁骑卫也应声驱动，铁蹄流转，一声一声重重敲打在苏孟尝的心上。但苏孟尝仍一直在地上伏跪着，直到随之将至的暴雨，将他匍匐的声音和苍茫的大地打成了一片。

"保重啊，世子。"苏孟尝取出早已藏在身侧的匕首，直直刺进自己的左胸。浓稠的血从伤口迸滴出来，扑洒在了尘土里。但此刻的雨太大，只一刻，血水就被冲淡，一切，都了无痕迹。

王殿之上，一只手颤巍巍地从锦绣罗帐中扔出一卷诏书，上面空空的，只在左下角印了一枚血红的玉玺。年轻的宦官拾起诏书，跪进了一侧的伺宫大殿。

大殿上，一个英武非凡的年轻人配冠而坐。将宦官呈上的诏书平直得在宫桌上铺开，取出朱色砂笔，工整得在空白处写道：御殿太傅苏孟尝怂恿世子陈京借送姜氏王妃灵柩出逃，自负罪孽深重，虽怀恶身死，然罪仍无可恕。令免去苏氏一族王赐侯爵，缴回俸禄，诛灭九族。并酌金甲四卫，领三千御林军，速将陈京递押回朝。

三

苏照业的书院坐落在苏邸西北面，是整个府院最为安静的一处。近半生金戈铁马的噬血生涯，让苏照业倍加珍惜能躲在书院里独享阅卷千行的那一刻静谧。平日里，只要在书院，除非发生巨变，否则爱妻宠妾们很少会进来打扰。此时，天色已过子夜，但整个院落里仍隐约着灯火的影影绰绰。

苏照业端坐在一张紫檀木书桌后，面前放的是午后宫里宦官呈送过来的王诏。王诏上的字句他已经来来回回看了好几十遍，却似乎一直不敢相信，只是一遍又一遍地看着。偶尔，他会抬起手，用琉璃剪将面前的烛芯稍稍修剪。烛火摇曳的瞬间，正好可以看清苏照业紧锁的眉眼间藏着的无奈与哀伤。要是现在有人进来看到苏照业的神色，几乎很难将眼前之人与那个叱咤九州，名动天下的陈国金甲四卫之首联系起来。

苏照业一辈子都忘不了苏孟尝这个名字。那时，他还只是御林军中君王殿的守殿校尉，陈国也尚无今时之鼎盛与繁华。那日大殿之上熙熙攘攘，陈国正摆下盛大宴席款待北麓强赵的使节团。使节团中坐在最上首的是赵相轩辕复。赵相仗着赵国强盛，神色倨傲，目空一切。他甚至对着陈王说：陈侯之王都虽名冠越北，然与赵之国都，仍属米粒。当时，陈国名将苏荷身居大殿，金甲披身，却对赵相的嘻辱言莫能语，大殿之上陈国文人不下半百，却无一人挺身而出，舌战赵相。就在所有人都以为陈国要强咽下这个天大的哑巴亏时，就见苏荷背后转出一青衫中年男子，趋步向前，直面赵相，昂首而曰：赵之王都既然如此华彩繁盛，那不知轩辕相来我陈国之穷乡僻壤又所谓何意？抑或，赵侯想请我王北上，与赵同主北麓，共享繁盛？中年男子的声音不徐不慢，出口的言辞却藏着逼人的机锋，一下子让赵相竟想不出言语来挤兑。赵相有些恼羞，竟欲拔腰中配剑，苏荷立即起身靠前，将手中金杵轻轻往大殿的金砖地面上一戳，宫殿之中立即响起了绵亘不绝的回声，刺得所有人的耳膜俱有了痛感，殿外，一群飞鸟直扑扑地震落在护殿的环城河中。赵国使节团大惊，这一手金杵降魔据说是九州九大神技之一，不想，第一次领教却在偏远的陈国。至此，赵相收起了倨傲，说明来意，并与陈修订了两国的百年和约。苏孟尝就在那一次真正走入了苏照业的内心，苏照业发现，原来世上除了黔武，也还有修文。也就从那一天开始，苏照业不但苦练技艺，而且也开始阅读天下诸子百文，而这，也促成他最后成为陈国的金甲四卫之首。

"苏孟尝"，苏照业轻轻唤着这个名字，觉得即使到今日，自己一直也不能读懂这个看似文弱，内心却无比刚烈的太傅。这个已近耄耋的老者，身居庙堂之高却竟然以如此最惨烈的方式自戮，这该需要多大的勇气，才能顾家族之灭顶而不惧，只为放一人远走高飞。

陈京，在苏照业的脑海里一直都是那么柔柔弱弱的样子。所有的世子中，陈京的脾气最是谦逊，没有其他王子的倨傲，也没有仗着王的溺爱盛气凌人，每次见到这个孩子，他总是会恭敬地唤自己一声："苏将军"，但就是这个孩子，如今也想逃了吗？

或者，这是太子陈重起了杀心？

陈重，自王深居简出之后，几乎已成了朝纲之上每一个臣子心里最大的一块巨石。他每次都是温和地坐在王的下座，但只要他坐着，似乎连王都生出了畏惧。陈重每次看人时，眼里总是藏着浅浅的笑意，但这个笑意盯看得久了，就会让人从脊背淌下无数冷汗。也曾有大臣怀疑过王的淡出朝政是不是背后潜伏着阴谋，但过不了几天，这些大臣总会以这样或那样的罪名被满门屠戮。在最强悍的灭绝面前，所有的抗辩都显得虚弱无声。连久经战事的苏照业，提起陈重的名字都会觉得有千钧重担压身，又遑论其他人。

可是陈京又是如何得罪了太子陈重？照理，太子现在即使昭告陈国想要继位君主，国之上下也该无人怀疑。王都的十万御林军早就臣服在太子脚下，而以自己领衔的金甲四卫也一直都是忠心耿耿，整个王都子民也早就在太子掌控之中。论智论谋，陈京皆处下乘，那么太子还在怕什么？

"难道……"，苏照业忽觉得心里一悚。窗外，一群黑鸦呼啦啦得振翅而起。

天终于要亮了。

四

织远侧身望了一眼坐在酒肆里的陈京，不觉从心里叹了口气。

织远出身姜国名门世家，贵族的纨绔脾性自幼就耳濡目染，酒肆、妓院、戏堂都是常去耍玩之地，从小他就是姜国王都的风云小霸王。一次在妓院闹事，失手打残了一名院护，虽说父亲找了个家丁亲信替织远顶了伤人致残之罪，但父亲还是下了狠心将他送往虎都寺交给姜国第一僧人觉慧禅师调教。也许是跟佛有缘，短短几个月，织远就展露了天资，初窥法门，成为觉慧禅师门下最先领悟佛法的弟子。在觉慧禅师的倾囊授教下，织远上学佛法，中修秘术，下炼肉身，七年下来，已冠绝姜国年轻道字辈，成为虎都寺最出类拔萃的年轻人。

一日，已七载不闻音讯的父亲突然上山，但他却并不是来探看织远的，而是直接去了觉慧禅师的禅堂。两人闭门静谈了三个多时辰，没有人知道他们谈话的内容。从觉慧禅师的禅堂中出来后，父亲并没有顺道去看他，而是急匆匆地自顾下了山。父亲走后，师傅将织远叫进禅堂，对他说：今日，你想必已经看到你父亲了吧。他来，是为求我，求我放你下山。他对我说：如今姜国有大事，需要织家出面。作为受国之恩惠的家族，织家之责不容推却。但织家满门一百一十三人，却独有你才能担负起姜王的厚爱。王有一女姜氏深居陈都，虽贵为国妃，但处境堪忧，王甚为忧虑，他希望织家能派出最得力的年轻才俊去陈国王都，去姜氏的身边，护卫姜氏和她唯一的儿子，陈国的世子陈京。你父亲希望你能去。但我对你父亲说，佛门修炼，自在自身，一切得由你决定。

织远想了一会儿，低首问觉慧：师傅，当今天下，陈国如何？陈国世子，陈京如何？

　　师傅却不答，只是伸手取了桌几上的一碗粗茶，喝了一口，对他说：那你下山去吧。

　　织远有些发懵，赶紧问道：师傅，你是如何知道我想下山的？

　　觉慧禅师浅笑着答道：你父亲前来，念你而不见，扰乱了你的心智，我召你前来，述陈情而不问因果，激发了你的心思。所以，你才会先问天下之局，又问陈国之事。从一开始你心里就已起念，不让你去看看，你又岂甘于潜心随我在此处修心？

　　觉慧话音刚落，织远已双膝跪倒，一边拜伏一边说道：师傅，弟子自幼不受父亲重视，一直为家中之累赘。今日，父亲竟为我而上山，实属罕见。随师傅修炼七年，您一直教导弟子要想悟化大道，则必先懂得人间情理。父母赐我身体发肤，乃天地第一之法理，所以弟子以为，倘我还想窥得天道，那尽孝报恩应是不二法门。即使不为此，有国之郡主在邻国受苦，我也当挺身而出。师傅您不是常告诫弟子，大善者，既要胸怀天下，也要心系个人，郡主既授姜姓，弟子理应全力以赴解救她和她的子嗣于危难之局。请师傅保重，等此番红尘事了，弟子定会再回山门听师傅训戒。

　　说完，织远将头往坚硬的青石上顿礼叩首，咚咚之声在安静的寺庙里轰然作响。

　　织远离开虎都寺的时候，并没有见到师傅，只有几个平日里要好的师兄弟前来送行。那天风大，刮得满山的树叶乱飞。有个不懂事的小师妹说这是个好兆头，因为会事事顺风。她不晓得，织远要去的是陈国，那是逆风而行。

　　织远刚在王都见到陈京那会儿，就觉得，这哪里是个大国的世子啊，简直就是个弱不禁风的小毛孩。后来，他和麦田两人每天陪着陈京去学堂受学，去野外打猎，彼此之间的感情也开始浓厚起来。直到姜氏突然病逝，他开始觉得陈京好像完全变成了另外一个人。

从来织远都以为出身王室大家，是生来最大的福分，哪怕他后来被流放去学了道僧之术，他也固执地以为，如果没有自己的家族背景，又如何能拜倒在姜国佛法第一大家门下。但直到这几天看着陈京的消瘦与沉默，他才真正体悟到了高贵者的悲凉。身居庙堂之上的王室子弟，有时候，竟连活着的方式都不能自己选择。

织远忽然觉得心里有一种不真切的悲凉涌上来，是为这个叫作陈京的世子吗？

三百铁骑此刻已经陆续在酒肆门口排开，呈一个锋利的扇面，合围着。这些饱经战役的军士们并没有放松一丝一毫警惕，虽然此刻距姜国的家园已经不到几十里的路程。

已经被赶回到内屋的卢掌柜推窗望了望天，绵绵的秋雨似乎已经停了，但乌云依旧堆积着，仿佛压得更低了，是更大的暴风雨要来了吧？

五

浓色的墨云在半山腰聚拢着，不时擦出些电光火石。

麦田藏在鞘里的刀忽然发出了轻微的震动声，他的心不由紧了一紧。麦田的刀由姜国第一冶炼师郭之洞亲手冶炼，取材自终南山罕有的龙吟石，已经跟随麦田四处杀伐将近十年，刀早已通了灵性。很多时候，麦田甚至分不清，是自己掌控着刀，还是刀掌控着自己。

刀的轻鸣，暗示着危机将近。麦田下意识地就朝着陈京的方向靠拢。

另一边，织远也怀着同样的心思慢慢走近陈京。

忽地，酒肆上空闪过一道亮到了透明的弧线，在天地间张扬着，紧跟着，暴雷般的炸裂声在半山腰轰鸣般的响起。虽然早就有了准备，但这惊天的雷电还是让酒肆里的所有人都有些胆战心惊。

接着，风里传来一阵噼噼啪啪的声音。这暴雨终于来了吗？

麦田朝着天空的方向稍稍抬起了脸，因为风很大，麦田的眼睛有些微闭，却发现落到脸上的只有风沙。没有雨。但噼噼啪啪的声音依旧在山谷间回荡着。

酒肆里歇脚的战马这时也出现了小小的骚动，好几匹马在原地焦躁得打着圈，还有一些，晃动着马尾，似乎在渲染着天地间的这种不安。内心警觉的铁骑卫们不约而同地握紧了手中的兵器，擎住战马，严阵以待。

整座山，连着古道，连着酒肆，突然死一般的沉寂下来。只有半空云和云碰撞的声音，只有铁骑卫们胯下战马急促呼吸的声音。

忽然，枯黄的山野间闪出无数金色银色的光点。远远望去，整座山像极了一朵正在盛放的向日葵。

不一会儿，那些在犀利电闪映衬下的光瓣正一点一点长大，渐渐地变成了一个又一个金甲和银甲武士，漫山遍野，夺人心魄。

约有千余骑的铜甲武士沿着整条山道蜿蜒散开，像一条黄色的锁链，将整个酒肆牢牢串起。约有千余骑的银甲武士则团成十个圆形阵列侧隐在锁链后面，银制的弩弓齐齐对准了酒肆的方向。还有剩下的千余骑金甲骑士则众星拱月般的托出中间最为闪亮的四匹棕色战马，马上的骑者一律是金色的战盔，金色的战甲，橙黄色的镶嵌着无数金鳞的战裙覆盖在明黄色的马鞍上，仿佛天上的金甲战神下凡。一面硕大的战旗在风中高高扬起，上面有四条红色的刺绣飞龙，龙首高抬，衔住一个殷红色的"陈"字。

陈国的追兵终于来了。麦田慢慢抽出了鞘中的宝刀，刀锋在风中发出轻微的细颤，麦田知道，他的刀开始渴望鲜血的涂抹了。

苏照业轻提了一下胯下的棕色"红云"，马儿乖巧地向前奔出了出去，马蹄声很轻，却重重敲在了陈京的心上。

红云优雅地穿过了银色的弩阵，黄色的锁链，一步步，直逼近铁骑卫的扇面。迫于苏照业所带来的巨大压力，铁骑卫组成的光滑扇面竟不由自主地在苏照业战马所立之处突兀得向后凹陷出一个弧度。

苏照业缓缓拉了一下缰绳，红云停下了前行的铁蹄。

苏照业在马上向着陈京抱拳拱手，朗声说道：世子安好？末将苏照业这厢有礼了。因王诏在身，照业就不下马行跪拜之礼了，望世子体谅。照业此来，不为他求，只求世子能随末将回朝。苏照业的声音不大，但自有一股不可抗拒的威严。

陈京正待作答，一旁的织远却抢先说道：将军言重了。世子痛失慈母，心中悲恸难忍，守丧期间曾数次禀明陈王想要护送灵柩回姜，怎奈王并不允许。幸太傅恩悯，被世子孝心所动，亲送世子于百里之外，陈姜边境。待世子回姜厚葬国妃之后，我等自当护送世子返还陈国王都，所以，就不劳苏将军费心了。

别看织远年纪尚轻，这番话却说得前后严谨，竟无一丝言辞上的破绽可循。但苏照业却并不生气，也不辩驳，依旧面色平和得在马上抱着拳，说：再请世子随末将回朝！

好几名离苏照业近的铁骑卫被他这种平和却目空一切的举止刺激得有些恼火，正欲提马上前呵斥，不料战马刚蹬蹄前行，一排金色的羽箭便穿过风声直达这几个铁骑卫的面前。噗噗数声，几朵血色的花朵在铁骑卫的喉咙上残忍绽放，几条生命转瞬即逝。

和箭声一起到达的还有一个冷酷到极点的声音：末将萧无荆恭请世子回朝！

话音落地，中箭的铁骑卫才从马上跌落下来，在地上摔出几摊浓墨的血迹。这时，挡在苏照业身前的几十名姜国铁骑卫们好像被这个名字吓了一跳，不由自主地往后退出几步。在九州，谁没听说天下名将，陈国第一神射，御林军金甲四卫排行第二的萧无荆的威名啊。

苏照业冷冷看着面前仓皇倒退的铁骑卫，目色淡然，许多战事中，他早就见惯了这样的场面。在放上生命角逐的战场上，其实谁都没有那么勇敢。

苏照业的红云顺势又往前走去，眼看着，他离背后的金甲银甲武士们越来越远越来越远，却离陈京越来越近。铁骑卫们看似退缩的阵势这时却又隐隐发生着一些变化。

六

麦田看着苏照业缓缓提马走近到离陈京约十丈的距离时，忽然将手中的刀往半空一点，然后左右分挥两下，顿时，仓皇后退的铁骑卫们迅速变换了阵形。百余骑铁骑卫往两侧延展，呈圆形将苏照业合拢在包围圈里，五十余名铁骑卫也快速得卸下战甲，跳下战马，跟随着麦田，在苏照业面前部成一个棱锥形。剩下的铁骑卫则几十人一排，阵列在包围圈的前方，手持方形大盾和长体利矛，形成了一面敦实的盾墙。

　　麦田并没有和苏照业说话，只是飞步上前，劈身就是一刀。在这样的对峙中，越早解决问题，就越能占据先机。身后跟着的武士们也亮出了手里的刀剑，步步逼近。他们都在寻找机会，随时准备刺杀。这是不需要礼节与客套的生死场，所有规矩都不如单刀直入来得淋漓痛快。

　　但苏照业没有慌张，只是对着麦田，举起了他的枪。那是传说中艳冠九州的第一枪——勾魂，目睹这个传说的人，大多已被勾去了魂魄。勾魂的枪体很长，有一丈七尺，枪身很通透，是罕有的白玉混合着通灵的精血煅炼而成，枪尖比一般的枪戟要长，呈肥厚的皂叶形，两侧锋利，尖端厚实且狭长。

　　勾魂一出，天地仿佛变了颜色。原本已暗淡如夜的山冈，忽然云破光出。刺目的光罩在苏照业的金甲上，仿佛他就是一个光华夺目的绝世战神。

　　但云一下又黯淡下来。此刻，麦田的刀正迎上苏照业的枪。如两个痴的男女，刀尖在枪尖上划过，试图去克制，推搪，绞缠，颈绕，乃至于灭绝。只是眼睛睁开和闭上的瞬间，两个人就已经各变换了四十九式，却都无功而返。苏照业的脸上第一次有了一种叫作惊诧的表情，他从来没有想到，这世间竟还有一个他不知道名姓的人可以在厮杀中和他缠斗这么久。

　　也许是被麦田的刀挑逗起了血性，此刻勾魂已经通体呈现一种微红，枪的暴怒终于发作。苏照业不动的刹那，背后三柄刀剑已经刺到，刺入，刺进到金甲。但忽然刀剑顿住，金甲中仿佛有一股绵若柳絮却强若流水的力量在阻止刀剑的进入。刀剑就这么被夹在了金甲里。

　　勾魂的枪锋却在这时冷冷地扫过来，很快，就像电光的闪烁。甚至连血光都没有，三个铁骑卫无声地倒在了地上，被死亡悄无声息地湮没。

麦田的双臂已经在隐隐发颤，能够抵挡苏照业的四十九式在很多人眼里已是匪夷所思，但麦田知道，要活下去，他必须做得更好。麦田深深吸了一口气，调整了一下已经埋伏在喉间的腥气，用尽全身力气点地、纵身，向着苏照业，挥刀直直劈了下去。

沾了几名铁骑卫的鲜血后，勾魂仿佛通了灵性，竟从苏照业肋下以一个不可思议的角度滑动而上，枪尖和刀尖再一次激烈对撞。麦田的刀，从枪尖的击口处，龟裂。喉间的鲜血再也压制不住，一口喷向苏照业。苏照业赶忙举袖，就趁着这遮挡的当间儿，麦田大喝一声："裂"。手中的刀瞬间碎成了无数刀片，幻成一个刀幕，向苏照业身上罩去。

这一招颇有些同归于尽的决绝，而苏照业看似也已无路可躲，所有的退路，都在麦田碎刀片的耀映之下。所有的路，都已成了死路。

但就在这时，苏照业身上的金甲却突然炸裂开来。像一团闪着金光的雾气，瞬间，就将麦田的刀幕全部吞没。空中，响起了一阵刀与甲碰撞的声音，清脆得像是美女在轻轻抚过一张古琴。

金雾散去。苏照业完好无损地端坐在马上，勾魂却在他手中幻出三朵十字星，迅速穿过麦田的左胸。

"梅花三叠？"麦田的脑海里浮出这个美丽得有些哀愁的词汇时，胸口已染出了三朵血色小花。麦田的身子有些摇晃地落在苏照业战马的后侧，手中的刀只剩下了光秃秃的刀柄。麦田看了一眼身边的残兵，想起铸剑师郭之洞交给他这把刀时和他说过的话。郭之洞说：从此，这把刀就交给你了。你的一生有多长，它的一生就有多长。

如今，自己却辜负了这样的重托，麦田的心里忽然生出一种很深的疲倦，这种疲倦甚至掩盖了从左胸席卷至全身的巨大疼痛。红色血浆从麦田前胸和后背的伤口中喷涌而出，断刀，残衣，赤血，这一切犹如一个巨大的嘲讽。麦田转回头想看看陈京，却只是看见身后一个接着一个冲向苏照业的铁骑卫，所有人都拼死往前冲着，却一个接一个倒下。不消片刻，竟只有自己还在苏照业身边立着，像是一具在深山中被丢弃了的孤魂野鬼。

雨终于开始倾盆落下。和着雨声一起来的，还有漫天蝗虫般的箭镞。

到处，都是箭入躯体的哀号，到处，都是断手折肢的惨烈。生命在强大的屠戮面前变得脆弱不堪，唯有死亡，才能最终让人平静。然而活着的，却依然在刀剑下，在箭镞里，狂奔。整座酒肆早就化作了人间炼狱，张扬着生命最后的撕心裂肺。

天地间，终于安静了下来。只有滂沱的雨冲刷走浓色的血迹。还有几十个衣缕残破的铁骑卫聚拢在陈京周围，织远也还活着，散乱的长发和满是污泥的衣衫却早就颠覆了他平日里丰神如玉的形象。在强武和杀戮前，没有人能始终保持着永远的光鲜。名将不能，王子不能，普通人也不能。

麦田终于能看见陈京了。世子脸色在急雨冲刷下有些惨白，他的手中握着一柄不知道是哪个兵士递过去的长剑。世子持剑的姿势有些怪异，让人担心他手里的剑会随时伤了他自己。

世子也在看着麦田，他嘴里嘟囔着，好像在说着什么话。说什么，麦田已经听不太清。忽的，麦田听见背后闪过一道尖锐的风声，声音很大，像极了他十岁那年，躺在家乡一望无际的稻田里听到风掠过稻穗时发出的沙沙声。然后，麦田就觉得自己飞了起来，飞到了所有人都不能到达的高度。从那里望去，姜国很近，近得就在眼前。他还看见一个穿着素衣，容貌姣好的女子正在自家的院落里生着炉火，准备开灶做饭。女子的背脊在麦田眼里印出一道温柔的弧线，那是麦田一生中，最初和最终的爱。麦田对着女子的方向，想要伸出手去，却发现找不到自己的手了。麦田急得四处张望，终于寻见，远远的地面上有一个熟悉的身体，穿着自己的衣衫，擎着自己的断刀，只是已没有了头颅。

雨声开始小了下去，此刻，麦田终于听清了陈京的话。陈京说：麦田，小心！

陈京话音还未落地，那一具丢失了头颅却依然在风雨里坚挺不倒的躯体已慢慢委顿下来，倒在了血水和泥水交织的纠缠里。

七

战场凄惶的厮杀声在麦田头颅割断处呼啸而上的鲜血声里逐渐安静下来。一切，寂灭得只剩下了风声、雨声、惊悚的呼吸声。

还剩下几十个铁骑卫在护卫着陈京和织远，他们手里握着刀剑，眼里一片死灰。

三个金甲名将已经和苏照业聚拢到了一起，距离着陈京十几步的距离，并不急着做最后的铲灭。

苏照业裹着一身青衫，在漫山遍野的盔甲战士中显得有些突兀。碎落的金甲片在鞍前马后一片狼藉，衣袖处也有几块被麦田的碎刀片割破，隐隐从内而外渗出了血迹。

地上匍匐着许多倒下的尸体。那些一刻前还鲜活地擎着刀剑的年轻人，现在都已魂飞魄散。陈国的兵士们正在冷酷地收拾着残局。他们用锋利的长矛在那些还没死透的躯体上穿过，痛苦淋漓的叫喊时断时续，如一把巨锤敲在活人的心口。

这应该是苏照业最赤裸裸的示威吧，陈京心想。他轻推了一把挡在身前的织远的手，想要拨开众人走上前去。只是织远手上的劲道却大惊人，陈京一下子竟推不开。

陈京这一细微的动作落到了苏照业的眼里，他一提马，向着陈京的方向行来。

陈京终于缓缓地走到了苏照业的马前。他抬起头，看着苏照业，没有说话。躲在衣衫中的手臂似乎还在微微地发抖，提着的长剑发出轻轻吟鸣，仿佛一个婴孩最无助的哭泣。

大雨已经浇透了陈京的衣衫，看上去，样子很无助，也很狼狈。苏照业跨腿从马上下来，从马鞍上取出了一套干净的外衣，走到陈京面前，给他轻轻地披上，说：世子，请你体谅末将的苦衷。我们现在一起回朝去，好吗？

苏照业听上去有些柔和的话语一下子掏空了陈京眼里仅有的怨气，手一哆嗦，剑直直掉了下去，插进早已松软的泥土。沾染了血色的剑柄在冷冽的雨里拼命摇曳着，似乎还想做最后的呐喊。

苏照业伸出手，在陈京的衣衫挽上一个丝绦。面上笑着，轻轻举起了左手，正要示意手下的将士对陈京的残留部足做最后的剿灭，这时陈京动了。面上还挂着诡异的笑容。

陈京从一开始苦等的就是苏照业这一瞬间的放松。只见陈京的双手往身体两侧一抓，从薄薄的衣衫里掏出了两把软刀。刀就藏在束身的腰带处，薄如蝉翼，却锋芒锐利。右手的刀在苏照业身后往前撩，左手的刀则顺着苏照业敞开的胸襟直直刺入，嘴里还冷冷唤着：束衣刀。

陈京此刻的声音在苏照业耳里听来，冰冷得像来自地狱的修罗。苏照业做梦都想不到，陈京竟然学会了名动天下的刺杀之技——束衣刀。

苏照业一直平静的脸色终于变得铁青，但毕竟是身经百战的名将，虽身处绝境，却依然没有慌乱到六神无主，他下意识得用力吸气，收缩着身体，同时右掌往前一推，击向陈京的胸口。但陈京的刀却更快，在苏照业的右掌击上陈京前，他的两把刀已经一前一后，没入了苏照业的身体。

其实，天下名将也好，普通凡人也好，被刀刺中的感觉是完全一样的。苏照业被束衣刀刺中后，身体就一下子委顿了下来，瘫倒在地。而陈京被苏照业击中后，身体也犹如断线的风筝往外直飞出去。

这时织远也动了。他顺着陈京跌出的方向，纵身而出，在陈京飞行的弧线上，轻轻击出一掌，嘴里念着，"控"。陈京跌出的线路就像被扯在手里的木偶一般听话，他一路横飞，被乖顺地送到了停靠在酒肆旁的两辆战车中靠前的一辆。

战马一阵嘶鸣，瞬时两辆战车，一前一后狂奔而出。

被眼前迅如闪雷般变化的情形定住的金甲三卫此刻也已反应过来，他们完全没有去理睬织远和剩下的几十个铁骑卫，而将目标一致放在了控制正开始狂奔的一前一后两辆战车。

这边郭闯下马扶住已受重创，面色惨淡的苏照业，唤来随军医士紧急施救；另一边，金甲四卫中的萧无荆和雷无声指挥兵马，全力堵截正在高速狂奔的战车。

萧无荆在马上张弓搭射，速度之快，甚至追上了半空的电闪。箭镞一波一波射向两辆战车。战车裹在巨大的铁皮里，战马裹在巨大的铁甲里，彼此之间用钢索链捆到一起，像一堵高速移动的铁墙。长矛和战马几乎很难在他们面前展开有效的阻挡，所到之处，人仰马翻，鲜血横流。

就眨眼工夫，战车已奔出了快一里，但眼看陈国的御林军箭镞茂盛，追兵前堵后截，战车似乎要陷入围堵的困顿。这时，织远口中轻念一声："裂"。顿见，两辆战车的后一辆忽然慢下了步伐，开始以前一辆战车为轴心，圆弧似打起转来。战车打圈的速度似乎越来越快，将许多追逐的战马和弓箭一并荡入。

突地，战车凭空发出一声巨响，火光冲天，炸成四分五裂。碎裂的车片夹杂在爆裂的气流中，纷纷击中周围的兵士。乱窜的火苗也脱离了秋雨的压制，在长满枝丫的古道上燃起一条烟尘蔽空的火龙，将追捕的大队人马死死困住。

剩下的一辆战车依旧狂奔不息。

萧无荆在马上对着身后的侍卫大吼一声，"快，取我破金"。破金是萧无荆最珍爱的箭镞，共有十三枚，由金和断龙玉锻造而成，能飞百丈，坚可破石。但破金也有一个不足，就是不像一般箭镞一样可以循环使用，破金只能用一次，一次既废。每次出行，萧无荆随身带的破金都不会超过三枚，至今，他还剩下七枚破金。

弓已满满地拉阔。萧无荆却忽然闭上了眼睛，似乎很轻描淡写的，对着半空射出了一箭。箭如流星，呼啸而去。

此时，苏照业已被医官架上了担架，浑身裹满了白色绑带，但黏稠的血液还是渗出来，一路滴到地面。郭闯目送苏照业被送进临时搭建的帐房后，才转回身，目色发赤，向着织远的方向走来。手里是他早已铿锵作响的乾坤混元锤。

好像是过了漫长的一生，却好像又不过是呼吸的一瞬，箭就到了战车与拉着战车前行的战马之间。"破"，萧无荆大喝一声，只见战马与战车间连接的锁链被破金一根接着一根击碎，高速跑行的战马突然失去了身后的重负，连滚带翻撞击在了古道上。战车更是被突然放空，硕大一个车厢腾空而起，直直抛向半空。

织远眼看着郭闯的大锤砸烂了至少七个铁骑卫的脑袋，他甚至感觉到自己的脸上被横飞的脑浆肉末涂满。但他没有动。他眼里关注的，只有陈京。眼见着萧无荆举箭搭射，战车马车分离，织远忽然举起右手，狠狠咬碎自己的中指，口中念着："兽！"

战场上的每个人此刻突然听见一种并非来自人间的嚣叫，这种声音低沉得好像鬼魅，又凶猛得烈过虎狼。堕进半空的铁皮战车车厢内开始发出猛烈的敲击声，那是铁蹄踏入铁皮的敲打，那是嘴巴撕咬铁皮的拉扯，那是尾巴钻入铁皮的巨响。车厢在半空扭曲，弯转，挤压，忽然如纸片一般被撕成了粉粉碎碎。

半空，腾起一只乌黑色的虬螭。来自传说中的远古神兽。它躯体和战车的车厢差不多大小，目若铜铃，腹似雄狮，足赛巨象，头生龙角，通体发黑。嘶吼间，两侧追击的战马纷纷溃蹄摔倒，一时间，天下竟莫与之能挡。

陈京，此刻就坐在神兽的脊背之上，扶着龙角，睥睨着眼下的一切。

神兽的速度似乎比刚才战马更快，一下子又蹿出了好几里。

护卫着织远的最后一名铁骑卫也被郭闯的混元锤敲成了稀巴烂。织远望着神兽出世，忽然纵声狂笑起来。但郭闯却并不理睬他的惨笑声，只是自顾自地抡圆了手中的大锤。

织远觉得身体周围的风都被这大锤搅动了，头上的雨也被风带开了很远。他抬起头，乌云依旧遮蔽着烈日。是看不到了光了吗？他忽然轻轻叹了口气。如巨石般的大锤终于从头顶落了下来。

这一刻,织远想起了父亲临别之前路过他修炼禅房时的那种眼神,他忽然明白了父亲那时就知道,这是他最后一次看见自己心爱的孩子。

姜国的边界已经在望,陈京双腿一夹,侧身用纤小的手掌轻敲了一下虬螭的后股。虬螭轻轻嘶鸣了一声,四蹄优雅地伸展开,仿佛想要一跃入云。

"我快到家了吗?"陈京心里暗暗想着。

那就最后看一眼,生养自己的陈国吧。

陈京转过头,却正好看见郭闯的大锤拍碎了织远的脑袋。陈京心里忽然升腾起一种恶如诅咒般的悲凉。他咬着牙关在厉声喝道:"今天你们从我身边拿去的,将来我要数百倍从你们身上拿回来。"

话音未落,就见眼前有一道金色的光芒冷冽地逼来。陈京下意识地将身体往旁边一扭,但依然感觉有一种冰冷从自己的胸骨之间穿了进来。巨大的惯性将陈京从虬螭上抛下来,跌进了姜国的护国河。

冰冷的河水一下子就将陈京裹了进去,如黑暗般吞噬了陈京最后的知觉。

八

周围一片黑暗。没有光。只有目力所及的边缘处，有一抹隐隐的幽蓝。幽蓝深处似乎还有水波散动的晕纹。陈京想赶紧跑过去探个究竟，却发现自己的身体很怪，有点儿不听使唤，似乎是悬浮在水中，又似是漂浮在半空。

也不知走了多久，终于来到一扇高达数丈的红漆大门前。门很高，很宽，有两个古铜色青环镶嵌在门正中，高高悬于陈京的头顶。门上梁处挂着一块黑色的牌匾，刻着四个悬浮的金字，但无论陈京怎么着力，都看不清上面到底刻着是什么。清上面到底刻着是什么。

蓝色的光好像是从门后隐出来的，像是有人在生火。陈京小心翼翼地伸出手指轻触了一下木门，还好，手指并没有被灼伤。门也不烫。陈京这才大着胆子用力推了一下，吱呀一声，门缓缓打开了。

满世界的白色就这么一下闯进陈京的眼睛，丰盛得甚至有些刺眼了。一大团蓝色从陈京慢慢恢复视觉的眼波里掠起，以一种不可描绘的慢，一翼一翼飞向半空。过了好一会儿，陈京才发现，这蓝色的一团竟是他七岁时曾经饲养过的天外神鸟——蓝鸦，而面前这片漫无边际的白色，则是从脚下一直延展到天边的厚厚白雪。

陈京一下子变得轻快了许多，他提起衣衫飞快得跑出去，踩着雪，像是在御风而行。

忽然，陈京听到有人在背后唤他的名："京儿。"

陈京停下脚步，回头一看，喊他的竟是已经很久未曾见面的陈王。

父亲的样子一点都没变，就像记忆中那样，丰神朗玉的脸上挂着和蔼的微笑。父亲背后好像还跟着其他几个大臣，最引人侧目的是一个穿着青衫的中年男子，瘦瘦高高的，他并不像其他几个人一样在父王面前卑躬屈膝，他的目光里竟始终流露着一种不卑不亢。

只见他走上前来，轻声问陈京：世子啊，你在这大雪里面做什么呢？

陈京乌黑的小眼珠子一转，答道：先生，我在扫雪啊。

中年人一听，面露微笑，用手一指稍远的一处殿堂，继续问道：世子，你自己宫殿里的雪都尚未清扫，怎么就跑出来扫整个皇宫大殿里的雪啊？

陈京却没被问倒，他双目注视着中年人的眼睛，坚定答道：先生，我要扫的，并不是一屋之雪，而是天下之雪啊。

陈京脸上的认真模样引得陈王和周围的人哈哈大笑，陈王上前，用手轻抚着陈京的脑袋，眼里有说不出的欢喜与欣慰，他回头对那个中年人说：孟尝，等京儿稍微懂事一点，我就将他交给你了，你可要将他培养成我陈国的栋梁啊！

"孟尝？"陈京觉得这个名字怎么这么熟悉，却又一下想不起到底是在哪里听过这个名字。

想着，想着，陈京忽觉脑袋一阵剧痛，晕厥了过去。

九

也不知昏厥了多久，陈京被一阵朗朗的读书声吵醒。这时，陈京才发现自己就睡在寝殿里。他摸索着从床上起来，穿上轻薄的鞋履，推开门，一鼻子的香味和满园各色各样的花树就绚烂地立到陈京眼前。

应该是春天吧？满园的花儿都开得那么艳丽，呼吸之间，尽是温暖的味道。陈京顺着花园小径走出去，循着读书声，转到一座书院门前。书院的门虚掩着，陈京从门缝里张望了一眼，看着在书屋里摇头晃脑的，都是自己的王兄王姐和王弟王妹们。

陈京看着他们装模作样地诵背经书，只想发笑，却又不好笑出声来，只好一手捂着嘴，一边蹑手蹑脚地退到门外。

门外的桃树已开得很艳了。十来种颜色各异的花朵饱满地压在枝干上，将一条书院的小径熏得暗香浮动。陈京在小径上一路小跑，穿过书院，穿过池塘，在一座低矮的山丘处停下来。山丘的登高处有一排人工凿刻的岩石，顺着岩石间拾阶而上，转过几株高大郁葱的苍松，就来到一个四柱雕龙画凤的凉亭。凉亭不大，中间放着一张精致的翠玉方桌，桌上摆着可口的皇宫点心。一个十来岁大的孩子在一旁玉石凳上坐着，肤色粉琢，眼珠乌黑，衣衫华贵，有一种说不出的清秀与可爱。他双手持着一本厚重的书籍，正目不转睛地潜心修读。

似乎是被陈京的脚步声所打扰，孩子抬起眼，正好与陈京四目相对。他脸上本来已涌起的懊恼因为看清了面前的人是陈京而消散得无踪无影，他站起来，走到陈京面前，一把拉住陈京的手，走到翠玉桌旁，坐下来。

"小京，你此时不去书院，跑来这里做什么啊？"少年人假装绷着脸问道。

陈京却一点都不怕，只认真看着面前的少年："我这不是学重哥哥的样子吗？"

少年人毕竟只是个孩子，脸上绷紧的神色装了片刻就再也装不下去，扑哧笑了出来，陈京也跟着笑了起来。两个少年的笑声满山坡得乱荡，迷得驻足枝头的百灵鸟都不知道下面的两个少年人在笑些什么。笑得那么开心无邪……

"重哥哥，你在看什么书啊？"陈京指了指放在桌上的书问陈重。

陈重把书翻到封面，指着上面四个字对陈京说："小京，你识得这几个字吗？"

"《天下列传》？"

"嗯。"

"那这本列传讲什么的啊？"陈京接着问。

"这本书讲的就是那些远古的帝王和名将们的故事。"

"那为什么这本书不叫帝王列传或是名将列传，而要叫天下列传呢？"陈京有些不解得继续追问。

陈重用手指轻戳了一下陈京的脑袋，答道："小京，你知道什么叫天下吗？天下有王子，有庶臣，有将相，有百姓。可是无论天下的百姓如何众多，天下从来就只是帝王将相的天下。天下纷争也好，天下平和也罢，那都是因为有帝王将相的存在。他们有时是严谨的秩序，有时却是无稽的乱象，有时是风花雪月的书生，有时却是金戈铁马的战将。帝王将相其实从来不问出处，因为历史都是由胜利者来书写的。失败者，永远不能在传记上留下自己的名字。所以，将相的故事，其实，也就是天下的故事。"

但陈京似乎没有听懂陈重的话，继续问着："那重哥哥，这本书里有写百姓的故事吗？"

陈重听了一怔，想了想，摇了摇头。

陈京又问："那有专门写百姓故事的书吗？"

陈重还是摇了摇头。

这时，好像有一声尖锐的嚣叫从远处袭来，惊得树上的鸟儿全都振翅飞起。剧烈晃动的树枝将许多开得正艳的花朵洒落下来，打在陈重和陈京的衣衫上。花儿扑朔着，忽然就变成豆大的黑色雨滴。陈京心觉惊恐，想要大声得喊叫，却发现张开嘴，什么声音都发不出来。他伸手想要去握住王兄陈重的手，却被陈重冷冷地一把推开。

雨像箭一样，把陈京吞没了进去。

十

也不知在雨里淋了多久，听得耳边响起一阵惊天霹雳，陈京一抬头，发现自己已来到春风居的门外。两个小宫女在宅院门口候着，一见陈京，赶忙上前，把他迎了进去。

这条通往母亲居室的路陈京已走过上千次，他甚至闭眼都能找到母亲那里。但今夜，院落里的一切都有些怪异，大门空荡荡敞开着，四周却悄无一人。悬挂在庭院两侧屋廊下的灯火全都灭了，只有引路的两盏灯孤零零地漂移着，如一个失去影子的巨大鬼魅。

快到母亲居室的门口，就见黑压压几十号人齐崭崭跪在地上，不时还能听到断断续续的哽咽声。陈京被这样的场景吓得一惊，赶紧加快脚步往前，一把掀开正屋的薄纱珠帘，急匆匆往里迈。不小心，陈京的左足在门槛上蹭了一下，一个踉跄，跌跌撞撞地倒进屋里。抬起头，却正看见母亲的眼睛慢慢阖上。

陈京嘴里"母亲大人"四个字尚未吐出，周围的太医已抢先一步发出了凄厉的嘶喊。声音里盘旋着带血的拉扯，顿时，引得屋里，屋外，哭成一片。

　　陈京却一句哭声都发不出来。他跪在地上一遍又一遍地重重磕着头，额头的血顺着地面的纹路渗进去，结出一个暗赭色碗状血圈。要不是周围的人发现这情形不对，赶紧三三两两的来搀扶陈京，他肯定要磕晕在了当场。

　　太医手忙脚乱给陈京的额头做着简单的包扎，那已几近可见白骨的一团血肉模糊，让所有人心里的痛楚加倍扩散。被扶到椅子上的陈京，脑子里一片空白，他几乎从来没想过有一天母亲会离开自己，会这么早离开自己，会这么突然离开自己。虽然他也从未想过有一天父亲会不爱自己，会这么早地不爱自己。

　　终于，陈京心中的悲痛无可抑制涌上来，他扒开了扶在身上的许多只手，跪伏着爬到母亲床边，号啕痛哭起来。哭声悲呛恸天，如夜狼淋漓的嘶吼，又如金鳞凄厉的狂吟。王都上空忽然雷声大作，电光齐闪。奇怪的是，雨却停了。

　　陈京不知道在母亲床边趴了多久，等他稍微从悲痛的虚脱中恢复了一些神智，才发现太医和随从们早已退到了门外。守在母亲身边的只有那两个从母亲进宫就一直跟随左右的小宫女了。

　　两个小女孩的眼睛早已哭得红肿，可惜整座王城，却只能容下三个人的哭声。

　　窗外突然响起一阵兵戈的激荡声，接着，一个朗朗的男声在窗外响起，"奉我王诏命，传春风居所有人入法务司听候差遣，违者斩立决。"

　　声音刚落，就传来一阵窸窸窣窣的交头接耳，又听一人大叫："哪里去？"然后便是刀枪刺入身体软绵绵的扑哧声。又有几个人在厉声尖叫，又是几声刀枪入体的刺杀，随后，窗外一切死寂般安静下来。

　　不一刻，门帘一挑，两个带刀侍卫走进来。看见陈京，两人均拜倒行礼，口中呼着："世子节哀，卑臣失礼了。"说完，两人抬起头，直盯着屋内的两个宫女。

　　两个小女孩却并不害怕，只是冷静地替姜氏国妃整理好头上的发髻，抚平身上的衫裙。随后，恭敬地跪在床沿，磕头行完礼，又转身向陈京行跪拜之礼。

　　陈京心里知道，这一去，自己是永远都见不到这两个女孩了。他站起来，走到两个女孩面前，将她们扶起。

　　后面一个身材较高的女孩在陈京伸手搀扶自己的瞬间，将一块紧攥在手里的丝巾迅速丢进了陈京的衣袖，一转身，走到另一个女孩身后，举起右手，将匕首一把扎入那个女孩的脖颈。还没等两个侍卫反应过来，又一刀，扎入自己胸口。

　　当侍卫们把两个宫女的尸体抬出屋外，又押赴着还活着的太医和随从们离开春风居之后，陈京才颤抖着得从衣袖里取出那个宫女用生命递送给自己的丝巾。

　　是一方淡蓝色丝巾，叠得很齐整，还带着母亲身上那一抹熟悉的兰花麝香。摊开丝巾，里面却有一抹用血迹写成的字。

　　逃！

　　那是母亲姜氏最后留给陈京的。

十一

巨大的白色灵堂内空荡荡的，几无一人。

姜氏干缩的尸身躺在灵堂正中的白玉床上，四周缀放着已经干枯了的各色奇异花朵。姜氏苍白的脸上似乎还有一丝血色，唇间的一点朱红也在黑白分明的灵堂里显得格外刺眼。

陈京孤零零地坐在灵柩一侧，望着母亲。陈京怎么都不愿相信，一天前还劝慰自己要坚强、要勇敢的母亲，此刻，已和自己阴阳两隔。这一刻，陈京多希望，如果母亲不是国色天香而只是姜国的一名普通庶妇，如果自己不是万人艳羡的王子贵胄而只是生活在民间的一个小小顽童，那么，食不果腹，衣不蔽体又有何妨，至少母亲还能活着，还能给自己慈霭与关抚。可现在呢？身边还剩下什么？一个世子的空名？一间看不见尽头的灵堂？还是一生都无法走出去的黑暗宿命？

悲从心头起，陈京又大声号啕起来。可眼里早已没有眼泪，只有涩涩的，像刀锋划过眼眉时那样凌厉的痛楚。母亲在玉床上躺着，一动不动。此刻，俗世间的悲喜和母亲早已没有关系，原来，死去也真的很好，终于可以放下一切。

陈京用力拔出腰间长剑，用手指轻拭了一下剑锋，很锋利，有血珠从指间滑落下来，却一点也不痛，原来死去也不错。陈京怔怔地想。

正恍惚间，就听见织远的声音在大堂门口清冷地响起：枢密院大学士，御殿太傅苏孟尝前来祭拜国妃。

苏孟尝是跪着从灵堂口进来的，他一路爬行，在距玉床前三尺处的刺锦蒲团上跪停下，行五体投地三叩九拜大礼。苏孟尝脸上老泪纵横，嘴里喃喃着："老臣无能，未能完成王之所托，在这里向姜皇妃赔罪了。"说完，砰砰磕着响头。

只几天不见，太傅头上已满是华发，人也一下子苍老了许多。陈京上前搀扶起苏孟尝，并叫麦田从侧堂搬来两张木凳，在灵堂一侧，陪苏孟尝坐定。

苏孟尝刚一落座，就见麦田和织远在他面前跪倒，齐声道："多谢太傅救命之恩。"

那一日陈京得知母亲病重之讯从狩猎场赶回春风居，麦田和织远也随同一起返还。行到半路，却被苏孟尝的家丁截住，说有事要找陈京商议，陈京归家心切，想也不想，就叫麦田和织远代为前去，却无心插柳地使两人逃脱了当日御林军侍卫的追捕，保全了性命。

苏孟尝起身，用颤巍巍的双手扶起了两人，说道："老朽行将就木，已无力改变时局。眼下，陈国对世子而言已是绝地。为了不负皇妃的厚爱，也为将来陈国的黎民百姓计，老朽有一事相托两位小将，望你们能拼尽全力护送世子安然回姜，这当是陈国之幸，姜国之幸啊。"说完，向着麦田和织远深深做了一个揖。

麦田和织远赶忙还礼，答道："卫护世子，本就是我们的使命所在，太傅如此勤言恳恳，倒是叫我们惭愧了。请太傅放心，为了世子，我们的性命又有何足惜呢？"

说完，彼此眼神相对，都读懂了对方心里的执着与坚定。

这时，也不知什么原因，灵堂之上覆盖的白匹间蹿出一阵金黄色火苗。不一会，火势就越来越大，弥漫了整个灵堂。众人正慌乱间，就见一只金色羽凰从天而降，乖顺地停步在陈京面前，仿佛静待着他的骑乘。陈京走过去，抬足，跨上羽凰的脊背。赤金色的羽毛很柔软，就像小时候坐在母亲的怀里那般舒服。

羽凰见陈京已坐稳，双翼缓缓扬起，喉咙间发出一声幽远的长鸣，如一道金色的闪电，直扑云霄。

四周到处是白色的云。半空里变幻着各种形状。一朵像小时候看过的牧羊群，一朵像书院外映衬夕阳的小山坡。还有一朵，就像是母亲平日里最爱穿的罗衫裙。

羽凰不断地振翅，笔直往上冲。

陡地，不知是从哪个斜刺里闪出两把金色的长矛，矛尖像有什么在引风招展。

陈京定睛一看，却发现，矛尖上戳挂的，正是麦田和织远被割裂的头颅。头颅上的眼睛都睁得豆大，像有太多的不甘。眼睛里有几股液体正顺着脸颊淌下来，红红的，像是血。

陈京尖叫一声，从羽凰的脊背上掉落下来，向着无尽的黑暗，迅速陨落。

还未等到坠地，陈京浑身打了个冷战，在姜国护城河的冰冷河水里突地睁开双眼。

陈京眼色赤红，似乎有火在瞳孔里焚烧着。他的身体却冰凉的，比周围裹挟他的河水还要凉。

护城河里清澈的水已经荡满了红色血晕。一棵孤零零的树就歪立在河旁，快要死了。

长恨人心不如水

一

民国十五年。六月。山阴通县。天时晴时雨，正是梅雨季节。

通县首富之家梅宅大院内灯火通明。

十来个俊俏的小丫鬟端着翠玉碗、御瓷盆在内堂与客厅进进出出。护卫和侍从则三三两两聚拢在灶间、厢房、门堂，面色凝练，左右顾盼。今日，整座梅家大院的人心都被揪着。

揪动他们的，是正在闺居里待产的梅家少奶奶。

梅家少奶奶还没有听见孩子的啼哭。连续六个时辰的阵痛早已麻木了她的知觉。她甚至都忘了如何用力。只是恍惚地躺在床上，看着十几张焦灼的脸在眼前晃动。

她的手一直握在梅家少爷掌心里。似乎连呼吸都绞在了一块儿。她看到他的额头有微微滴汗。他的眼里有惶惶担心。

她正欲开口劝慰，就听一声刺入耳根的雷鸣炸响在屋檐上，惊得身子一颤，支起的下身里掉出来一团很轻的肉。

奇怪的是，新生儿并不哭闹，只顾瞪着眼睛，打量周围陌生的一切。乌溜溜的眼珠闪着迷茫的眼光，一会儿移到左边面容俊朗的梅家少爷脸上，一会儿又移到正抱着她前后轻摇的中年贵妇脸上。她的目光左右游弋了好一会儿，最终，在梅家少爷身上，停下来。

他却没有回看孩子，目光始终关切着床上半躺着的梅家少奶奶，眼里尽是疼惜怜爱。她容貌清秀，齐额的刘海衬着纯净的眼神，白皙的脸上不施粉黛，颈间藏着一枚温润的珠子，虽然面色苍白，身子也还在轻微颤抖，却丝毫掩不住她的绝色容颜。

她慢慢挪着身子，因孩子出生而撕扯得几乎麻木的底部有阵阵疼痛浮上来，刺入她的筋骨。

她撑起虚弱的身子，轻道一声：来，让娘亲抱抱。伸手，从中年贵妇手里接过婴孩。孩子像一片薄薄的树叶落入她怀里。

她吻了吻孩子的脸。孩子的皮肤真好啊，滑嫩得就像她平日里最爱吃的冰镇藕粉。

孩子的双手到处扑腾着，红扑扑的小脸蛋在她身子上蹭来蹭去。

她缓缓撩起丝绸薄衫，露出一片葱郁的枣红莲白。孩子的嘴，本能凑上去，一把噙住，狠狠吸食起取之不竭的玉露琼浆。

她看着孩子猴急吞咽的样子，想起了洞房初夜，他火急火燎得将自己扑倒在床上撕扯自己衣衫的模样，也是如此这般的急切与贪恋。真是亲父女俩啊，连这种德行都像一个模子里刻出来的。想到此处，她抬眼，扫了他一片目光。又莞尔，抿唇才不让自己偷笑出来。

他迎着她的目光顺势坐到了床沿，伸手，将她柔软的娇躯挽到肩头停稳，这才分出神，第一次将目光投到孩子身上。

孩子胖嘟嘟的小脸上尽是雀跃，啧啧的吮吸让脸蛋胀得鼓鼓的，实在吃不下时，才会消停一小会，斜睨一眼旁侧的众人。孩子的眉眼看上去和妻子有七分神似，和他有三分形似。但他心里并无多少欢欣，对孩子，他素来不喜，总觉着是累赘，会耽扰他和妻子的浓情蜜意。

一念及此，他伸手覆向妻子，不料，触手之处，一片冰冷。

被他的手一烫，她微微打了个寒战。下身好像有团浓厚的绸汁一汩一汩冒出来。定睛细看，就见一片触目的殷红已从锦被下泛上来，把被子正面的大红月季渲染得异常妖冶。

她觉着晕眩。天地、床榻、夫君大人、母亲大人、接生婆和伺候着的侍女们都旋转起来。只有怀里的孩子一动不动。怔怔望着她。

她想起大喜之夜，夫君第一次掀起她的红盖头，将她搂在怀里，密密吻来时，天地也是这么旋转的。

只是这一次，旋得更久，眩得更晕。她都快要透不过气来。

就在她失去意识前，她迷迷糊糊听到了孩子清脆的哭声，嘹亮得像一把刚刚出鞘的剑。

那是孩子从她的身体里出来后发出的第一声啼哭。

二

梅安山冷冷看了一眼正在张牙舞爪哇哇乱叫的婴儿，眼里无一丝怜悯疼爱的神色。也许曾经是有过的吧，但诞女之夜妻子突然失血而亡让他心里长出了太多的怨憎。他还来不及喜欢，就已经被愤恨与悲伤种出了心结。

"这个孩子难道是上天派来惩罚自己的妖孽吗？可我梅安山自弱冠以来，赤子之心昭昭，从未做过任何违心之事，有过任何一丝叛德之行，为何竟受此惩罚，遭此劫难？"妻子离开后的无数个晦涩郁结之夜，梅安山都会立在空荡荡的床前，责怪苍天，责问自己。但床榻无语，沉默如谜。

每次责怪完孩子的第二天，通县就会下一场雨。或大，或小，淅淅沥沥浇透梅宅的花花草草，角角落落。

如此吊诡之事数次上演之后，让从不信怪力乱神的梅安山从心底隐隐生出一丝凶险的意味。他自知凭一己之智难以解开其中玄机，只好托友人花了数百银两寻来方圆百里内最为出名的卦师卜上一卜。大师掐指推算了半天，神色冷峻，眉生黑线。在梅安山逼问之下，大师才一言一句断定道：此女生辰凶险，满水入命，不惧万事，善克万物，所以，让梅公子妻离恐怕仅仅只是开始。

大师的话并未说满，不敢一语泄尽天机。大师没有说出口的是：此女尚尚有许多手段待一一使出。

在梅安山看来，她最厉害的手段就是哭。

凡她清醒之时，均在无休止的号哭当中。哭声响若洪钟，无一点女娃儿的温柔羞怯。且，她每时每刻都在用目光找寻亲人。倘亲人不在身侧，立生无休止的干号，一直哭到亲人出现方才停歇。

不长如恨水人心

　　她遇亲不哭的古灵精怪折磨的无非是两个人。她的父亲梅安山和她的奶奶梅远虹。

　　她还有个癖好，自梅家少奶奶离世后，她只吃梅园的奶。

　　梅园本是梅家外院的织绣女工，在梅家少奶奶生女前三天刚夭折了自己的男娃。梅家少奶奶诞女之日，梅园受梅宅管家之命在屋里搭个帮手，做一些换洗之事，授一点临盆经验，不料却和内房的丫鬟侍从们一起目睹了少奶奶像花朵一样凋零。少奶奶是大户人家出身，平日里待下人们极好，行事端庄，说话客气，贴身丫鬟们私下谈起时无不认为伺候少奶奶是天大的福分。少爷的好就更不用多说，许多随仆侍从自太老爷这一辈就栖身梅家便是明证。那日，少奶奶血流不止，奄奄一息之际，少爷紧搂着少奶奶的身子，目内充血，神色哀凉，一屋之人无不心有悲戚。孩子却只哭了一声，便安静下来。一会，竟扑哧笑起。少爷大怒，一把将孩子甩过来，梅园恰巧立在少爷旁侧，赶紧伸出手接住。孩子不惧生，眨巴眨巴眼睛，望着梅园，啪啦着手，拱着小脑袋寻到胸部，隔着亵衣狠狠嘬吸。梅园用手轻抚着孩子的绒发，侧身让出乳房，让丰沛的奶水流入孩子的小口。三日来一直缠绕她的丧子之痛被孩子拼命一吸，似乎轻了许多。此后，孩子肚饿之时，便会寻梅园。梅园不在，她就什么都不吃。梅远虹和梅安山都拗不过孩子，就将梅园留进了内院，成了孩子的奶娘。

　　孩子对奶奶梅远虹要亲近些，不时会给出些笑容。对父亲梅安山，则仿佛是天生宿敌，不哭的时候，就瞪着，对峙着。但必须对峙着，若梅安山的目光一旦游离在她眼神之外，她就立刻报以堂堂哭声。

　　而尿布的换洗，身子的翻转，入眠前的轻摇与小曲儿，睁眼后的陪耍与玩闹，必须也是梅安山亲力亲为。倘不是，她就还用震天的哭声，强烈抗议。

好多次梅安山都欲摔门而去。但好多次他又无可奈何的按捺下脾气。

他的心里藏着一个所有人都不知道的秘密。

妻子出丧前一夜，他坐在她冰冷的尸体旁，守灵。不知在哪个时辰，他看到了妻子。就端坐在他身前，穿着帛色的衣裙，素面朝天，执起他的手。她的手掌寂冷上指尖。她的脸庞消瘦如鬼魅。她絮絮叨叨和他说了许多话。她说过的话，他好像都记得。又好像都不记得了。

那夜与妻子的相逢与告别在岁月的洗逝中被慢慢掩盖了真相，之后很多年，他都不敢断定到底是他遇见了她的鬼魂还是他累极了的南柯一梦。但他清晰记得妻子转身离去前，轻执起他的手，按到她隆起的腹部上，柔声道：好好待她。如我。

这句话，是他关于那夜唯一的记忆。他一辈子，都不敢忘。

三

梅清从懂事以来，一直未见过父亲的笑容。在那张冷漠、僵硬与不苟的面孔背后，梅清能看到一种清清楚楚的厌恶。

父亲三辈单传。爷爷和父亲是独子。而她，则是独女。照理，爷爷早亡，母亲身故，她应该承继梅家所有的宠幸。私塾的先生曾说，单传之家对孩子会格外宠爱，亡父或亡母者，尤甚。可惜这样的断论，从未在梅清身上兑现过。

她甚至都很少能看见父亲。

晨雾初起，是奶奶牵着她的小手送出院邸。薄暮归家，又是奶奶守在朱红色的大门口，迎她入府。开饭时分，空荡荡的八仙桌上，菜肴丰盛。而守着这空荡荡的，只有奶奶和她自己。

偶尔，也能见到父亲。但从未同桌而食。父亲总是要等到她碗筷搁下后，才举步上桌，姗姗来迟。

有次她恶作剧地故意不走。但，父亲就像知晓她心事般的，也故意不来。直到满桌的菜凉过了她的小手，直到她趴在桌沿沉沉睡去。

醒来时，梅清发现自己已经和衣躺在了闺房的锦榻上。窗外蝉鸣阵阵，蛙鸣声声。

最近，梅清喜欢上了唐人刘禹锡的诗作，特意遣人去省城带了一套《刘梦得文集》回来。最爱的是《竹枝词》九首中其七的两句：长恨人心不如水，等闲平地起波澜。

猜人心不是梅清的长项。她也不喜猜。她喜欢什么都直来直去的，不拐着掖着藏着。

她很看不清父亲的所作所为，何苦避着自己就像避着千年的洪水猛兽。

身边的丫鬟、侍从和奶娘一直赞父亲为人宅厚，用情至深。她不懂。一个连一起食用晚膳都抽不出时间来的父亲，能好在哪里？

除了古书诗卷外，梅清最大的喜好就是在自家宅院里到处晃悠。梅家虽大，几年下来，前院后宅百余间厅堂居室也已几乎被她逛遍。但尚有两处，她未去过。一处为禅佛的后院厢房，是奶奶的诵经之所，圆洞状的院门香薰缭绕，幽竹闭封，没有门口管事婆婆的锁匙，无法进去。一处为父亲的居室。共分了前后两间，前一间布置得书生意气，文房四宝与琴棋书画相映成影，她在父亲外出时偷溜进去几回。后一间却常年落一把官宦人家用的黄铜雀锁，锁身上雕着龙凤，留有晚清大家的篆刻，颜色深黑，看上去颇有年份，锁芯被磨得锃明刷亮，泛出一层薄光。梅清断定父亲应该每天都开锁进出此房，但她没钥匙，无法一窥究竟。

今儿，梅清又偷溜进了父亲的房间。习惯了先往书桌上瞅瞅父亲的墨宝，只有两句：东边日出西边雨，道是无情却有情。竟也是刘禹锡的诗句，但似乎和自己喜欢的两句有着完全不同的意味。

梅清又在房间里摇着碎步转了一圈，才走到后一间房的门前，轻轻推了一下。门，竟开了。

应是一间女子的闺房。一张挂着龙凤丝帘的红木大床搁在屋子正中，左首安放着一人高的银质烛台，两根红烛已燃过半。右首是一宽长的梳妆台，一面椭圆铜镜镶嵌在桌上，映出半间屋子的倒影。拉开梳妆台的木屉，有一个暗红色的木盒，盒子里藏着一颗温润的珠子，串起珠子的灰丝线上斜挂出几枚红褐色的隐隐细纹，血色浓郁。墙角处立着一口扁长的直钟，和正厅里立着的那口似是一对。灰色墙面上挂着六七幅黑白色的相片。梅清紧步上前，才瞧真切。

　　一个穿着丝质旗袍的温润女子在相片里渐渐生动起来，她容貌秀丽、眼神纯净，颈间藏着一枚温润的珠子，看起来明媚动人。女子的相片共有六张。或贤淑得体，或文静聪慧。排列得极有分寸。梅清愈看愈是觉着相片里的女子甚是眼熟，应是在哪里见过她？

　　最后一张照片上，在那个温润女子的身侧，梅清看到了父亲。他比现在要年轻上许多。衣衫华丽，身子笔挺，正微笑着。看得出父亲的笑容是给那个女子的。梅清是第一次看到父亲笑。原来父亲笑起来，是那么英姿勃发，那么生动美好。

　　梅清怔怔地看着相片里的父亲，望着相片里的女子，看着两人相执之手，忽觉有一种熟悉的情感从骨血里涌动上来，一下子，冲湿了眼眶。

四

　　梅安山不在家的时候，就去一个叫作轻烟居的酒楼。这里原是旧时的青楼窑子，被一大户盘下来，开了家酒楼，取了个故作风雅的名。轻烟居的老板常年隐于幕后，神龙见首不见尾。倒是掌柜的，一身艳红的罗裙，端坐在账房的高凳处，烟视媚行。

　　轻烟居的名字很轻，客人不多，但花销贵得惊人。钱囊不鼓的食客，轻易不敢登门，哪怕轻烟居里能吃到整个县城独一无二的洋人的香煎牛排。捧场最多的是那些家财万贯的公子哥儿，大多不是为了一解饕餮之馋，十有八九是看上了掌柜的俊俏。

　　但看归看，却几乎没有闹事的。一般街市上地痞流氓是碍于门口的八大壮汉，长得跟山神庙里的金刚似的，膀大腰圆，轻易不敢寻来滋事。而平日里胡吃海喝惯了的公子哥们则听说轻烟居的老板是个带枪把子的出身，在省城还有几个高官亲戚，更没有必要贪了一时之欢而闹得家破人亡。这年头，只有手里有铜钱银两，要拿下几个水灵的姑娘还是不在话下的。

所以公子哥们在轻烟居里玩的是勾而不出火，闹而不出事。

掌柜喜欢穿红裙，听说是南洋扯来的布才能上身，而且偏喜欢在脖颈之下小露那么一白，嫩嫩的，如新剥的笋尖。她最喜欢客人开红酒，有出价高的，就差人去酒窖取来珍藏，拿个铁质带钩的器具往瓶盖上一塞，左右数次旋转，就听得噗的一声，厅堂里就满是销魂的酒香了。

每次红酒饮到七八分，掌柜的就会往一个透明的玻璃杯子里倒上半杯，却不喝，径直搁在柜上。

和这帮公子哥们混熟了之后，他们都称呼她为云姑娘。

但只有梅安山，不这么唤她。

梅安山从来不在大堂饮酒，他有一个包间。包间在二楼，能看清半座梅家大院。

每次梅安山来轻烟居，云姑娘就会主动作陪。两个人安静对坐在包房的八仙桌旁，并不多说话。一坐就是一整天。

云姑娘知道梅安山喜欢喝酒。但在她这里，他却从来只是饮茶。云姑娘每年都会托人从河南信阳捎来上品的毛尖。他饮到好茶的时候，会轻抿嘴唇，扬一弯深浅的酒窝，情不自禁颔首微笑。很难看到他的笑意，很温暖。

云姑娘曾问梅安山：先生如此暖人的笑意，为何平日里要刻意紧绷，不愿多展颜几次？

　　他答道：在她面前我已经很多年不笑了，怕多笑，她会不习惯。

　　云姑娘不知道梅安山口里的这个她是谁。但她挺羡慕那个女子的，能在梅安山心里有那么重的分量。

　　和梅安山相处的光景愈长，她就愈是打心底欢喜这个干净沉默、温润如玉的男子。她曾经尝试着压住心头乱窜的野火，可压得有多猛，思念的反噬就有多浓。她惊讶于自己的沉溺。在那个和她有过肌肤之亲的男人离开后，她原以为心底早已枯灯燃尽，再无爱人的可能。可梅安山实在和自己爱过的男人太像了。她控制不了自己。但她一直把这种灼火般的相思锁在心底。她不敢在他面前有任何表示。她知道自己配不上他。

　　梅安山最近去轻烟居的次数越来越多。时间也愈待愈长。前些日的晚席间，友人笑问他是不是看上了轻烟居里那位长袖善舞魅惑苍生的女掌柜，他才知道外头传言之盛已到极点。但他没有为自己辩驳半分。世人爱说爱评，那是世人之事，由得他们去。对他而言最重要的，是守住自己的心。

　　但似乎有些守不住了。当然不是因为云姑娘，而是女儿梅清。看着梅清一日日长着个头，出落得优美挺拔、袅袅婷婷，神色、体态、样貌与她母亲愈来愈像，让刺在梅安山心底的生离之痛如野草般再度疯长出来。他用了很多年才勉力压住对亡妻的惦念，他害怕这些从来不曾走远的坍塌寂灭会在女儿的绰约多姿里重生。那个傻丫头，她以为我不和她一起嬉玩，不陪她一起吃饭，不教她诗经文卷，不让她拜谒先贤是因为还在恨她吗？这么多年过去了，哪有父亲会真正痛恨女儿的。

　　但梅清不懂。这很好。能永远不懂这种痛。那她就是幸福的。

但愿她永远做一个不被爱和思念伤害的傻丫头。

五

轻烟居本开在省城西子湖畔，立七层之高，容百间之阔，装缮华美，菜品独特，为省城之最。开业之初，万人空巷。官宦人家、名流小姐、军方要员、地方大亨，各式人群，穿梭不息。但战乱还是影响了生意。临近的南京、沪上战役打响，省城的大佬们惶惶不可终日，哪还有闲情来消遣娱乐，歌舞升平。轻烟居，终败落。

也亏得开业时的丰厚积累，轻烟居还是稳妥的从省城迁挪到通县。

通县离省城二百余里，居龙山之东，挟东海之尾，匿于山阴、会稽交汇之处，米粟丰盛，百姓殷实，乃一方风水宝地。

云姑娘七年前曾随一个男子游玩过通县，印象颇深。那时，他惊才风逸，温文尔雅，她桃羞杏让，明艳动人。两人郎情妾意，骑马游山涉水，踏遍了大江南北风光之地。她以为，他就是她的天，可以为她阻挡一切。她没想到的是，他早已成家娶妻。他本想蒙她在鼓里，但他夫人的登门之举让一切覆水难收。他夫人是个老实的民妇，进门二话不说就直直跪倒在她面前，求她放了他。她只能放手。她还能做什么。后来，卢沟桥枪声传来，听说他主动请缨，北上抗日。他走后，曾寄来书信数封。她从不拆，收信后直接丢尽火炉，燃灭。凛冬将至，轻烟居尚在省城苦撑，她在门口迎来一位年轻军官，说是他的副官，受他之命，送来写给她的最后一封书信。副官的军装已有些褴褛，一只空袖管在寒风里荡啊荡的，有些滑稽。她恨他，出口嘲弄，说：既然是最后一封信，何不由他亲自送来？副官怔立在原地，不懂她为何出言如此计较刻薄，但还是强忍住了心头的怒火，哽咽答道：长官恐怕不能亲来了。他已和全营将士八百余人，齐齐殉葬在了徐州。

　　她捏着他的信站在北风里，瑟瑟抖着。忽然，她伸出已经冻僵了手指，狠命撕着他寄来的薄薄的信笺。她知道，他其实为她去死的。但他没有她的同意怎么能死呢？他以为他死了她就能原谅他了。她不肯。但她的倔强终于没能斗过心里的悲伤，哇的一声，她扑下身子，蹲在店门口，密密号哭起来……

　　其实哪有什么背后的大老板，哪来什么省城的高官荫护，不过是云姑娘耍得一个手段。

　　她想骗别人。也想骗自己。

　　梅安山素来不喜在街市上闲游，但今日女儿不知何故在书房里闹得特别凶，还摔碎了一方他所珍爱的歙砚，他本欲发火，但孩子的奶奶护着，他其实也下不去狠手，只好躲出去调适心绪。正沿着县城主街溜会儿弯，不巧，恰赶上了梅雨季，本来还好好的天光，一盏茶的工夫就变了脸，豆大的雨粒劈头盖脸浇落下来，一把冲掉了热闹的街市。

　　梅安山随着人流，四周张望了一番，发现实在无处避雨，只好顺着大户人家的屋檐，提捏着绸裤，东跳西奔往回赶。雨愈下愈大。实在是走不动道了，正打算在一个屋瓦略凸起的檐下稍作歇脚，刚冲过去，恰好一扇朱门轻开，将梅安山让进了一个幽香的所在。

　　梅安山后来才知道那是轻烟居的另一道门。无人知有此门。

　　此门不常开。一年一两次而已。且门开在一个悠长的巷道正中，非落雨时分不开，所以从未在开门时见过人。却突然撞进这么一位，连开门的女子也吓了一跳，还没分清是谁呢，就被撞了一怀。

怀里疼。主要是颤巍巍的胸口疼。好不容易止住了，抬眼细看，竟已能闻见对方的呼吸。

梅安山也吓了一跳。不知道门为何开。不知道撞到了什么。软软的。幽香四溢。抬眼细看，女子俏若桃李的脸已近在眼前。恍惚中，竟然有亡妻七分的味道。

十二年前。妻子白若素产女出血，等省城的名医赶到，也都只剩摇头叹息。头七后，葬了妻子。他一个人坐在坟前一宿，枯败如残叶。七七之夜，他看着尚在襁褓的梅清，欲痛下杀手。待手指扣住孩子咽喉之际，这个小妖孽竟然舒眉一笑，露出脸颊上深浅两个酒窝，和亡妻的眉眼竟如此相似。梅安山的手指再也无力按下去，又无处可去，只好捂上面孔，猛烈抽搐起来。

如今，这眉眼，这酒窝，眼前的姑娘也有。

那是梅安山第一次闯入轻烟居。第一次遇见云姑娘。

六

公子哥之间的不愉快，多为争风吃醋。其实也不是非要不可，只是一时意气，为何别人要得，自己就要不得。于是偏要。难免会有争执，指着嘴脸，互骂一通。但像今日拳脚相向的场面，却已有许久未见。

东城王家的公子先动的手，一拳过去，对面的徐家公子鼻间冒血，门牙松动。一侧的张家公子看不过去了，出拳相助，正击中王家公子的太阳穴，他胖乎乎的身子腾腾往斜里倒退七八步，要不是靠窗的一张八仙桌稳稳托住了他，可能就摔出窗外，掉进水清如许的通渠运河中。

打得乱作一团时，女人的魅力暂时就不管用了。云姑娘索性也不管了，退后三两步倚住一人高的柜台，取一把瓜子，顾自闲嗑，似乎眼前打砸的并不是她的酒楼。

突听耳边砰的一声脆响，闹哄哄的场面瞬间安静下来。公子哥都是见过世面的人，知道那是枪声。

通县不大。东西南北四个城加中间十数个富家大院，拉出了县城的框架。往来通县的人也不多，居民和村民约万余人。有一个警局，十来号差人，两人佩枪，局长和副局长。还有一治安大队，护守城门，十余人，人人佩枪，皆为长枪。

通县百姓，无人有枪。有枪是大罪。私自携枪，轻则入刑杖责，棍打一百；重则入刑劳役，囚牢五年。若有携枪伤人者，则无论轻重，一律砍头。

但现在，他们听到了枪声。看到的，是一把小巧精致的勃朗宁手枪。

手枪的主人他们不用看也知道。通县民间有枪的，有这么精致手枪的，只有一人，梅安山。

"云姑娘何时攀上了梅安山这棵大树？他梅安山不是在妻子过世后许下毒誓终身不再另娶了吗？此刻又为何替云姑娘出头？是相中了云姑娘？还是早已和她珠胎暗结？"虽然公子哥们心里存着种种疑虑与猜念，但脸上谄媚的笑意却丝毫没有出卖他们真实的内心，掩饰得如春风秋雨那般自然。

他们依次向梅安山和云姑娘作揖道别，还不约而同奉上百十两银票以示歉意。云姑娘倒也不客气，银票取来，皆纳入怀中。

等人走得干净，梅安山才转头问道：他们都称呼你为云姑娘？

"是啊。都这么叫我。连我都快忘了自己姓氏名谁了。"云姑娘说完，掩唇一笑，脸上的表情生动艳丽，如一团火，烧向梅安山。

火烧到梅安山跟前，突地一声，湮灭了。

"那云姑娘多保重了。"梅安山边说边收好了枪，向她行了个礼，正欲离开，却听得耳后云姑娘问道：梅先生能否留步，赏个光让小女子备点薄酒，以示今日相助之恩。

梅安山摆摆手：举手之劳，云姑娘何足挂齿？

但云姑娘始终坚持。梅安山见不好推托，且云姑娘脸上已经明显了垂泪欲滴的窘迫，知道再推托恐怕有失礼数了，只好一拱手，朗声道：那就打扰云姑娘了。

云姑娘把梅安山让进二楼的包房。

房间布置得很雅致。一口上好红木打制的八仙桌正当其中，素色的碗盏整齐安放在桌面上，应是在市面少见的清末时期的御窑瓷器。对着门的大片透白的灰墙上悬一幅徐渭的《焦石图》，落笔铿锵，力透纸间。雕龙画凤的木刻窗棂安顿于八仙桌的边侧，轻轻一推，就能送进半城的景色。不远处，正对着梅宅。细看，竟还能辨出几个熟悉的仆从。

这间包房很对梅安山的口味。他怎么都想不到，一个酒楼的女掌柜能有如此的赏鉴与布置。

"先生觉得此房间如何啊？"看出梅安山眼里的欣赏后，云姑娘还是不动声色问道。

梅安山竖了竖拇指，赞道：云姑娘秀外慧中，把包间布置得如此锦绣又暗藏风雅，让梅某人刮目相看。

听着梅安山的赞赏，云姑娘笑意盈盈向他施了一礼，羞赧道：多谢先生赞誉。小女子受之有愧。当下，我有一事相请先生，不知能否应允？

何事？云姑娘但说无妨。

先生可否不以云姑娘称呼小女子？

那我应该称呼云姑娘为？梅安山不解得看着她。

我叫云若素。先生若是不弃，叫我若素，可好？

七

梅远虹坐在厅堂的红木方椅上，看着日头投下的光影在青石板上渐渐拉长。

儿子梅安山一早就出了门，不知混去了哪里。她不想问，也不过问。儿子的丧妻之痛，她懂。

三十年前嫁入梅家是她的福气。梅远虹本姓方，生于通县一个穷困之家。从小就失去了父亲。是母亲拉扯她长大。家里没钱供她上私塾，她就跑去学堂的土墙外蹲着，偷听老先生讲课。梅远虹的母亲做得一手远近闻名的针线活，每年都有大户人家雇去家里做红秀。她就跟在母亲身后，进出于通县的大户，给母亲打个下手。

梅远虹年轻时长得秀气伶俐，嘴巴很甜，做事勤快，很讨雇主的欢喜，甚至有主动说媒提亲的。但似乎没有一个是她中意的。母亲倒也不说她，反正梅远虹还小，先由着她过几年再说。

缘分这东西，说来就来。立秋的头一天，通县首富梅家遣管家请梅远虹的母亲入府院做工。她跟在母亲身后，刚刚跨过半人高的门槛，就见一个身影飞快冲过来，迅捷得闪过了母亲，却一把撞到她身上。梅远虹本无防备，这一撞，让她一个趔趄，倒退几步，被身后的门槛一绊，仰天倒在了青石板上。撞倒梅远虹的是一个和她差不多年纪的秀气男孩，一身公子哥儿的装束，本是一脸歉意，但看到梅远虹狼狈的模样，却忍不住笑出声来。

她涨红着脸，从地上爬起来，伸出脏兮兮的小手点着男孩，嗔怒道：你怎么撞了人还笑呢？

男孩好不容易收敛了笑意，却冷不丁得伸出手来一把抓住了她。他的轻佻之举有点吓到了她，心想，这大户人家的子弟怎么竟如此轻薄，正抬手欲逃抬腿欲踢，却见男孩从怀里掏出一块比绸缎还要光滑的手帕温柔擦拭她手上的泥灰与血污，她这时才发现手背上竟被刮擦出了红红的一块。她下意识地想缩回手，却见他眉头一拧，怜惜地问道：你疼吗？

那时，她一点都不疼。就是心跳得厉害。好像要从喉咙口蹦出来。

梅远虹和母亲在梅家做了三个月的长工。每天，他都会跑来看她。多数时候并不上前搭话，只是安静地，远远地凝望。望得她心慌意乱。

年前，梅家托人带来了聘礼。这一次，梅远虹没有拒绝。

梅远虹她出身贫贱，所以，不能成为他的正室，只能屈身为妾。但他待她极好，远远好过他从小就定下娃娃亲的出身大户人家的正房太太。

结婚五年后，他的正房太太因常年抑郁，又膝下无儿无女，渐成心病，再加上那年的夏季蚊虫肆虐，终数病归一，心怀不甘而去。而梅远虹却在那年诞下一子。取名安山。

他本可再娶，通城有多少女孩嗷嗷待嫁。他却始终未娶。他只是希望能将她转为唯一的夫人。正房夫人。但家里长辈均不肯点头，他不敢忤逆，唯有等，却不甘。而她，清楚他的好，所以愿意等，无论多少年，都愿意。

一等就是十年。

梅家老爷死的那一年，刚接手了梅氏家族的全部产业，却因劳成疾，染了恶病。一病就是半年。老爷卧病期间，梅氏家族大小事务皆由她安排，家族产业经营皆由她处置。她做得很好，守规矩，不僭越。家族老小，终于对她点头赞许。他知自己命不久矣，趁着还有精神，一日，唤她到床前，交代后事。家里长辈仆众百来号人听他一字一句说：他日我去后，家里大小事情皆由她做主。从今日起，她就是我梅方文的正妻。就是我梅家的大奶奶！

从那天起，她去了自己的方姓。改名为梅远虹。

三日后。他离她而去。先走一步。

她披麻戴孝。守灵七日。不近米粒。流尽眼泪。

他的棺木落土在通县的秦望山。与梅家祖辈合葬在一起。在他墓前的玉石碑文上。他的名字和她的名字并列其上。他是朱红色的。她是灰色的。

八

梅清弹奏完一阕古筝。后背微凉。九月的通城虽已有秋意，但白日里，阳光仍盛。她站起身，穿过长廊，走到院落。大门进来左右两侧各有两个石块砌成的花坛，坛里种着桂花，香气怡人。

最近依然很少见到父亲。但梅清并不在意，习惯了。一次，无意中听到同学说起父亲在外头有了相好，她心里也全无妒意。尽管父亲和她之间的关系冷漠如斯，但父亲毕竟是父亲，血肉关系就在那儿，她也希望他能快乐。

大门吱呀一声被轻轻推开，脚步声里匆匆闪进来两人。梅清抬头看见了父亲。很意外。父亲身后还跟着一人。三十余岁，面相略黑，身形修长，穿着干净的土布长衫，神色安静如水。

梅安山在门口看了一眼梅清，也不多问，直接带着那人走进主屋。梅清又远远瞅了几眼，他们应该去的是奶奶梅远虹的居所。

梅安山是梅家独子，本可恃骄而宠，但他天性里遗传了父亲的专一与母亲的善良，完全没有大户人家的嚣张跋扈。进了母亲的厅堂，跪下请安之后，梅安山起身，唤进一个人，领到母亲跟前。

那人一见梅远虹，并不慌乱，掸袖拂尘，恭恭敬敬请了个安。

梅远虹微微低首。

那人也不说话，侧身，安静得退到梅安山身后三步。

见他举止得体、宠辱不惊的文人模样，梅远虹不太相信这就是儿子口中的能人，于是侧脸问梅安山道：安儿，这就是你为清儿求学读书寻来的高手？

梅安山看出了母亲眼里的那丝疑虑，赶忙恭敬答道：是的，母亲大人。这就是孩儿特意为清儿读书寻来的。母亲您别看他文人气息颇浓，却是名副其实的国术高手。他曾在民国初年夺得南京国术大赛的头名国士，长于棍术和近身击打，师从南派洪文定，在北平做过军阀的贴身保镖，两年前为避战事回到山阴。他上有二老，回山阴后本想好好尽孝尽礼，不料他的双亲突染重疾，需一大笔药费用救急，而他前半生所赚银两根本无法承担开销，万般无奈之下，便亲自寻到梅家在山阴的分号求援。那时孩儿恰在山阴理事，见他是个忠孝两全的汉子，愿意助他，就解囊为他父母支付了一年的药费。他敬安山慷慨，在听得我的打算后，愿为梅家效力。

梅安山说完，梅远虹又对那人上上下下仔细打量了一番，过了好几盏茶的时间，方才微微点了点头，道：安儿，我相信你的眼力。

日暮时分，差不多快到晚饭的点，梅清挪步走进厅堂。两个侍女早就在厅堂伺候着了。八仙桌上也已齐整安放好了碗筷。奶奶梅远虹在主座。左手侧梅安山的位置依然空着。

梅清走到桌子旁，立直身子。梅家的规矩，只有梅远虹来了，才能开席落座。

意外的是，随梅远虹进来的，还有一个男子。不算熟人，但梅清已在上午时见过，正是梅安山领进来的那个男子。

等梅清和男子坐定。梅远虹侧脸对梅清道：清儿，近来世道渐乱，变故多生。而你这孩子个性倔强，非要去省城读书。我前些日子和你父亲商量，说你要读书，是好事，奶奶支持。但此去省城路途遥遥，奶奶又不放心。所以对你读书一事，奶奶一直未置可否，想必你心里对奶奶也有怨气。近来，听说省城女子师范大学因战乱影响迁址山阴，刚安置完毕，虽说山阴离通城也有好些距离，但毕竟离得近了，奶奶也放心些。这是我特意着你父亲请来的壮士，他姓肖名磊字工长，是山阴本地人，熟悉当地的情况，且自幼修习武术，有一身好本领。由他陪着你往来通城与山阴之间，奶奶才安心准你去读书。

说完，老太太端起面前的朱茶，慢悠悠，喫了一口。

九

十五岁的梅清肤色雪白，如一枚刚出水面的青莲，出落得楚楚动人，平日里上街，觊觎的目光到处都是。

在通城，梅氏家大业大，势力通天，一些纨绔和街头流寇有再大的胆子也不敢造次，但出了通城，对梅安山而言，最大的担忧就是女儿梅清的安全。乱世之中，胆子大的贼徒，多如牛毛。不怕一万，就怕万一。

为了梅清能去山阴平安读书，梅安山费了不少思量，不但花重金请来肖磊做全程护卫，还从梅家扈从里拨出四个身材孔武有力，练过功夫本事的壮汉随肖磊调遣。就这样，梅安山还不放心，除了从小就照顾起梅清的奶妈梅园同行之外，又挑了内房最为亲信的两个丫鬟随行。

梅安山所做的一切从来不曾向梅清表明，为女儿做得再多，也是当父亲应该的。何况，自女儿诞落之日起，他就一直未曾心心念念，甚至将妻子之死都泄愤到梅清身上，对她不假颜色，厌恶鄙弃。等女儿渐渐长大，初具其母之姿，他心里的父爱被突然唤醒，他想对她好，但碍于父亲的尊严，终究未能低下高昂的头颅。但他心里明了这长长的十五年亏欠女儿的实在太多，趁着他还未老，还有能力，能多还一些，就尽量多还些，能多给一些，就尽量再多一些。

知子莫如母。梅安山的心意，女儿梅清不懂，母亲梅远虹懂。所以，梅安山暗暗为女儿劳心的，明面上，都由母亲梅远虹出面。

一行人收拾完毕，临行前，梅远虹先是把梅清拉到跟前，絮絮叨叨说了很多，又特意拉过梅园的手，谆谆嘱咐道：梅园啊，此去山阴路途虽不算遥遥，可乱世之中，风险难测，你可要处处谨慎，好好照顾清儿啊。梅园接过梅远虹沉甸甸的嘱托，跪倒在地上，重重磕了三个响头。

梅清坐在马车里，放下帘子，熟悉的通县被关在了外面。马车走得很慢，不算颠簸，梅清轻轻闭上眼。

梅园就坐在梅清对面。看着梅清闭起了眼睛，她就知道，梅清在想他父亲了。也许整座梅宅，只有梅园最懂梅清的心思。她爱自己的父亲。

梅清离开通县前，偷偷去了一趟轻烟居。

远远的，就看到那个穿红裙子的云姑娘。是真漂亮啊。红色的裙子在暗色的酒楼里飘啊飘的，像盘旋在枝头上彩色的蝶。

不太嘈杂的酒楼在梅清莲步轻挪进来之后，立刻变得安静异常。本来还东倒西歪划拳拼酒的几个公子哥都立马收拢起了狂傲放肆，暗暗挺直腰板，鼓足腔调，推杯换盏间竟也多出几分平日里难得一见的风雅与气度。

梅清的眼光不理众人，始终落在红衣姑娘身上。她穿过长长的厅堂，径直走过去，到离她身侧最近的一张空桌旁，坐定。

未待红衣姑娘开口，梅清先声夺人，抬手指了指对面的位置，道：姑娘请坐。梅清的声音雅致如竹，气势惊人。

云若素只好坐下来，曾面对十里洋场而谈笑自如的她，此刻，心里却有些怯得发毛。

梅清却不再说话，只是安静得盯着云若素，过了很久，才道：云姑娘，你还不错。

刚有些乱了方寸的云若素过了好一会儿，才勉力压下心头的小鹿乱撞，抬眼对上梅清的明眸，说道：小姑娘，你也很好。

你知道我？梅清问得直接。

通县里谁不知道梅家小姐。云若素答得真诚。

那你也认识我父亲？

云若素没想到梅清问得如此坦荡，一时间竟不知如何回答。

酒楼里一下子就安静下来，静到一根绣花针掉到地上也清晰可辨，周围的食客们早就退成了可有可无的背景，这里仿佛就是一场没有硝烟的战场。而正在彼此较劲角力的，是通县最为出名的两个女子。

是。想了很久，云若素决定不再隐瞒面前的姑娘。

听说你们已经认识很久了？

三年。

那你喜欢他？梅清的问话一句环套着一句。

又过了很久很久。云若素才重重点了点头。

梅清能看见一脸红晕爬满了对面姑娘的脸颊，很美，美到不可方物。怪不得父亲会陷进去。如此美人，是个男人就会陷进去吧？

梅清心里还是挺佩服父亲的。与这样一个美到颠倒众生的女子朝夕相处三年，父亲能忍住未娶她过门，心力之坚远胜常人。

那我就放心了。说完，梅清，起身，走出酒楼。把不知她话里何意的云若素和云里雾里的一帮食客们甩在了身后。

梅清的背影还有些青涩，远比不上云若素的丰满曼妙。但此刻的云若素，却呆坐在桌子旁，背后渗出层层冷汗。

走在街巷里的梅清心里感到一阵轻松，这是她早就想做的一件事了。就是还有些遗憾，她没能在轻烟居里看到父亲。

十

梅安山确实不在轻烟居。也不在通县。他在山阴。

山阴地大。人多。热闹。街道上小贩的叫卖声此起彼伏。偶尔还能看见几辆崭新的福特轿车从拥挤的马路上驶过，显出泱泱大市的气度。

女子师范大学坐落在山阴城西闹中取静之处。占地约有百余亩。几个巷子外就是山阴最大的商业街，百货店、浴场、喜乐门、茶馆、酒楼接踵而立。

大学正门位于学院路，除去一些临街摆放的摊点，两侧各有约百丈长的十余间客栈。客栈位置极好，可见大学校园里的风景。

梅安山择了一家平安客栈住下。他打算在这里住些日子，精心挑两幢合适的院落买下。

自梅清的娘亲过逝，他亲手把她拉扯长大，十五年的光阴让他起初对她生出的怨憎被血浓于水的亲情替代。梅清越长越好看，神态里、谈吐中、娇嗔间常常隐约着白若素的影子。前些日子是梅清的生日，梅安山破例提早回家。奶奶、父亲和女儿三人，自梅清懂事后，第一次坐在同一张桌子上吃饭。

刚开始气氛有些尴尬，父女俩，大眼小眼瞪着，不发一语。看得梅远虹心里暗自着急。但她又不好多加干涉，这是他们父女俩心里的结，要他们自己亲手才能解开。所以，梅远虹暗暗向周围的侍女使了个眼色让她们借故将自己搬请出去，把偌大的厅堂单留给他父女二人。

母亲的心思，梅安山了解，但坐在梅清对面，看着女儿秀丽的容颜，梅安山却不知该说些什么。无奈中，他只好拎起手边的酒壶，给自己满了一大杯，悻悻笑了笑，将酒一饮而尽。

梅清是第一次看见父亲的笑。和照片上年轻时父亲的笑容相比，更生动，更温暖。梅清本想对父亲说些什么，却发现有许多话堵在喉咙口，不知从何说起。只好，立起身，端着酒壶，替父亲又满上。

一杯空了。又是一杯。终于，父女俩还是没有说一句话，所幸的是，她的眼神里已没有记恨。而他的眼神中也充满了温情。

梅安山起身时，人已微醺。梅清赶忙伸手，扶住了父亲。父亲的手掌温热如玉，父亲的脊背宽厚如山。

梅安山侧脸看着梅清，这一刻，他知道女儿长大了。他伸出手，轻柔得摸了摸她的头。梅清的头发很软，像梅家出产的最好的锦罗绸缎。

他不知道那夜，梅清欢喜得在闺房里哭了一夜。而他，也暗暗发誓，要做一个好父亲，把曾经不曾给予女儿的，用剩下的光阴，好好弥补。

他来山阴，除了拜望山阴市长和师范大学校长，请他们平日里多多照顾梅清之外，就是想择一合适的地段买两间院落。一间给梅清住。大学里的宿舍毕竟不便，怕她会习惯不了。她从小就有洁癖，喜欢一个人，不善与人同住。那就让她住在外边自己的院落里，有肖磊护卫着，有奶妈梅园照顾着，几个丫鬟伺候着，他也放心。另一间，梅安山打算留给自己。空闲时便可过来。他已错过了女儿的童年。不想再错过她的成年。

师范大学周边好房子很多。能入梅安山眼的房子却很少。费了六七天，他才挑中两间隔街对望的院落，花了一百两银子买下来。

立秋后的山阴和通县均多雨水。梅安山叫人收拾干净新房，折返通县的途中，遭遇了一场几十年未见的风雨。梅安山坐在油毛毡搭成的马车里，掐指算着梅清的求学日期，心道再不往回急赶，可能就错过了她的启程之日。所以，他命侍从们加紧赶路，路上吃喝尽量简点，越快回通县越好。

　　所以在路过居于山阴和通县之间的会稽县城时，并无多做停留。

　　梅安山不知道，梅清已提前一天从通县出发，此刻正困在会稽县城的兴隆客栈里，避雨。而他，却带着十几个手下，匆匆从兴隆客栈的门口飞驰而过，消失在白茫茫的雨幕里。

十一

民国三十年。十月。山阴通县。天生异向。鹅毛大雪急飞。

梅远虹坐在梅家院落里,望着惨淡的天色,轻轻叹了一口气。

梅安山坐在轻烟居的包厢里,桌上沏着一壶刚烧开的信阳毛尖,放着一份刚刚送到但尚未拆封的山阴日报。自梅清去师范大学上学后,他托人订了份山阴的报纸。但通县距山阴百余里,当天出版的山阴日报,最快也要三天后才能抵达通县。

梅安山抿了口茶。摊开报纸。

头版上"山阴沦陷、鬼子进城"这黑压压八个字如浓墨般的乌云一下压住了心情,待看清底下一排"女子师范大学沦为一片火海"的小字时,梅安山长身而起,御制的茶壶从桌沿翻滚而落,在青石板上摔成粉碎。

刚推门进来的云若素看见梅安山脸色惨白,双目尽赤,不知道发生了什么事。她正欲开口询问,梅安山已经冲到跟前,捏了一下她的手,转身,急行而去。

赶回梅家大院的路上,梅安山遣人去调集所有能召集的壮丁,尽快赶到梅家和他会合。

进厅堂时,梅安山看见母亲梅远虹端坐在主位上,声色不动。这样的表情,梅安山见过三次。父亲去世的时候,见过一次。妻子白若素去世的时候,见过一次。今天,他又看见了母亲脸上这样的神色。

但他也来不及多想,直接冲回房间,取出一直放在床沿抽屉里的勃朗宁手枪,将藏着的所有子弹都放到一块绢帕里裹起来,揣到怀里。

赶到大院时,已聚齐了百来号人。梅安山看着众人,眼眶微湿。

他向所有人抱了抱拳,道:大伙儿都知道我梅家三代单传,这一辈儿只有一个女儿。她现正在山阴城里的女子师范大学读书。我今早看报才得知，三日前，山阴被鬼子所占，女子大学沦为一片火海。我今日把大伙儿召集来，只有一事，就是去山阴看看，到底我女儿生死为何。我知道各位都已经跟了我好多年，跟了我梅家好多年。我不想瞒骗大家，此去山阴，路途凶险，结果未卜，所以，家里有老人和孩子需要照顾的，请留下；是家中独子的，请留下；认为此去生死风险太大，不愿冒险的梅某人也绝不勉强，请留下。除此之外，还有愿意跟随我去的，请往前一步。

在场所有人，均未作犹疑，往前一步。

梅安山觉得心头有些滚烫，再度向大伙儿抱了抱拳，道：大伙儿的心意我梅某人领了。此去山阴若能平安而归，各位的义气我梅某人必当涌泉相报。但今日我不能以一己私心让大家都随着我去冒险，请管家代我挑十余个能使枪的，随我去。其他列位，请留在通县，护我梅家。

说完，梅安山转头不再看众人。怕他们一不小心瞧见他眼里欲夺眶而出的泪水。

他屈下身子，朝着厅堂的方向，向母亲三跪九叩。

起身，领着负枪荷弹的十数个壮丁，出门而去。

梅远虹依然坐在厅堂的上首位上，纹丝不动。旁边伺候着的两个丫鬟，泣不成声。

十二

听说，梅安山带着数十号人并没能赶到山阴。行出去还不到十几里，就遭遇了攻向通县的三四车百来号日本兵。梅安山一行冲杀未果，勉力射伤几个日本兵后，尽被绞杀，死无全尸。遭此伏击后，日本兵全神戒备却不费吹灰之力，拿下了通县。但进城后遭遇的暗杀却多得出乎日本人的预料。拷打了被抓的几个人之后，才知道前来狙击的都是梅家的人。日本长官发了火，领着日本兵围住梅家大院，将院门封死，一把大火烧了过去。起火那天，天空翻卷着红色的火烧云，将整座县城映得通体发红。梅家老太太端坐在厅堂里，神色不变，看着大火卷过身体。

轻烟居在鬼子进城前就歇了业，云姑娘去了哪里却无人知晓。有传她被鬼子俘去做了慰安妇，也有传她以身殉情，自杀于梅安山一行被屠戮的山坡前。更有传她也死在了梅家的那场大火中，死前，梅远虹许她一身缟素。

听说，梅清并没有在师范大学的大火中丧生，而是在一位侠客的护助下，逃出了生天，去往延安。后来，听说她参了军，当了医务兵，有了恋人，辗转在战斗一线。好像是在哪个战役里，梅清被弹片击中了头部，医治未果而逝。兴旺了百年的梅家，就此断绝。

再后来，鬼子投降了。狼狈逃窜出城。梅家的一些旧人凑了些钱，就在火烧过的残垣断壁间，替梅家重修了院子。

四九年，解放了，共产党进了城，把红色的旗帜插到了街头巷尾。梅家小院里也再次住进了房客，是梅家跟去山阴陪梅清读书的奶妈梅园。她幸运的在那场焚天的大火里活了下来，火只烧掉了她半张脸。

解放后的通县和解放前差不多，仍旧是东西南北四个城加中间数十个院落。

通县的春天是一年中最好的季节。百花盛开，鸟语花香。

清晨。守在梅家小院里的梅园听到有人在门口敲门。打开门，看到一个四十好几的中年女子站在门口，穿着一身灰色的毛呢，留着一头干练的短发。

女子的背后还跟着一个小女孩。整张脸蹭着女子宽大的裤腿，两只略显干瘦的小手来回拧着大腿两侧的裤布。

女子礼貌地问道：这是梅安山同志家吗？

梅园点点头。

那您是？

我是梅家的奶娘梅园。我们家老爷已经在十几年前过世了。虽说已是新中国了，但梅园说话还是改不了旧时的习惯。

过世了？女子喃喃重复了一遍，神情里带出些许遗憾。

此时，女子背后的小女孩大概是玩够了她的裤腿，偷偷探出脸，望向梅园。

梅园一眼就看出小女孩这眉眼、这酒窝，像极了多少次在梦里出现过的梅清小姐。

她忍不住唤了一声：小姐。

脸上，老泪纵横。

/ 浮 世 绘

借一朵花/涂抹人间喜悦/借一个影子/相伴一生

摄影 ｜ 口水君

空城

我说天黑之后要来，你说我等你。

1

我和你说话的这一刻，在离你很远很远的地方。那是另一个国度。另一个城市。来到这个完全陌生的城市定居之前，我曾经考虑了很久。但我一直想不好，要去哪里。

我一直以来都幻想着要过一种无拘无束的生活：在那里我可以随心所欲地高歌，可以顺其自然地赚钱，可以自由地笑或者哭，可以放肆地吃吃喝喝睡睡。我想养两只雪橇犬，想有一个广阔的牧场。牧场里有一间狭长的古朴木屋，有几十头牛羊。我要买一辆高头大马的SUV。每年春天，我都能开着自己的车，从茂密的积雪覆盖之地开到春暖花开的沿海沙滩。我最想的是，无论我在做什么，你都能在身边，痴痴地目光只交给我一人。

但我不知道这个世界上有没有这样的地方。

有一天，我拿着一张世界地图去找你。

我说：你闭着眼睛，能把这个世界戳破几个地方？

你对我浅浅笑了笑，问我：为什么要把这个世界戳破几个地方呀？

我回答不出你的问题，只好摸着自己的头皮，憨厚地笑着。我笑的时候，你也笑了。这时候，刚好有一阵光打到你的侧脸。使你看起来像个天使。我的心开始无节操地乱跳起来。眼睛直勾勾地看着你。你好像被我看得有些不好意思，羞报地闭上眼睛，随手在地图上点了点。我定睛看了看，你点的这座城市是W城。地图上，W城离S城有两个手掌的距离。

那年假期，我去了W城。一个人。

当我坐着车子从机场边上一条狭长而无边际的洲际公路去往W城的时候，四周不时掠过绵延的群山，一整片一整片干净的树林。那时刚好是秋天。所有的树叶都在阳光下闪着金光。天很蓝，白色的云就堆在山峰的顶上，像一串巨型的棉花糖。车子开了很久，才远远望见一座城市的轮廓。不同颜色高矮各异的建筑抽象地排列着。光从云层穿越而出，随着玻璃的折射形成一道道层次分明的带状光柱。风，摇曳着七彩的枫叶勾勒着城市的生机勃勃。就这样，巨大的W城以一种氤氲的姿态猛烈地撞入到我还来不及准备的眼眸之中，把我的幻想深深击中。我一下子就爱上了W城。

只是，很久之后我才深深体会到，原来，没有你的城市，到处都长满了荒凉与寂寞。

2

飞机在高空颠簸了一下。我的头突然觉得有点疼。前天刚在W城的医生那里确诊了。他说我脑袋里长了个东西。他让我立即动手术。我问有什么后遗症吗。医生回答我说：你会慢慢忘记许多以前的人和事。那天，我想了很久很久，决定给你打个电话。

记得出国前的最后一天。我和你约在S城的一家K歌房里纵声歌唱。那天，我们吃了四个果盘，十九瓶啤酒，六碟小菜。我们一首接着一首唱歌。你唱你的，我唱我的。我唱你的。你唱我的。我唱我和你的。你唱你和我的。我们唱我们的。在唱歌的间隙，我们也放肆地亲吻。时间过得很快，一眨眼就能杀死一个小时。几个眨眼之后，夜色低沉，人酣酒醉。你有些醺醺然的和我说：今晚，我们唱歌，唱到通宵达旦。你说这话的时候，听上去很霸气，像极了香港黑社会电影里的大姐大。但只有我知道，你说这话的时候，眼神里流露的神态，很女人。

终于，唱到喉咙沙哑。我说，最后一首吧，唱完我们就回去。你固执地摇着头，不说话，只是用力抱着我。你的眼泪在我胸前肆意流淌。眼泪流过的地方，都长成记忆里永远的伤口。我清晰地记得，我们最后唱的是烟花易冷。终于，我们还是没能等到永恒。

那晚送你回家后，我在你家楼下的石凳上坐了一晚。那晚，我想了很多很多。我想的都是我们的从前。

3

爱上你的时候，我就像个孩子。我整天都用电话黏着你，用短信黏着你，用甜言蜜语黏着你。我说有一天你会厌弃我的黏人吗？你淡淡地笑了笑。沉默不语。

我还喜欢和你亲吻。喜欢你唇齿间甜甜的香气。我们会在车上亲吻，会在咖啡厅里亲吻，会在每一个见面时亲吻。会在每一次分别前亲吻。我喜欢我的舌头追逐着你的舌头。每次我亲吻你的时候，我的欲望都想从心脏里跳出来，钻进你的灵魂。

但或许是我的爱太过热烈，让你有了窒息的担忧。你有一天曾对我说，少爱一点点，好吗？我当时以为那是你给将来与我的分手找的借口，我不知道其实你想说的是少爱一点点，才能长久一点点。

你很久之后才写了封信告诉我，你当年不爱我不是因为不爱了，而是因为你真的爱了。可是，你有许多的现实问题要考虑。你怕满足不了我。你怕委屈我。你怕我会怪你不陪我。你怕如果有一天分开了我会恨你。你说你最怕的是我的爱里面有不顾一切地勇敢，你说这种勇敢里没有一丝一毫现实的因素。可现实往往是爱情的绊脚石。所以，你早就预料到了，有一天我会跌倒。有一天，我会在你面前，一败涂地。

看到你娟秀的字体在信纸上化成一把尖利的弯刀，我只能长时间的苦笑。我试图尝试着用最锋利的语言反击或是用最温和的沉默包容，但我都做不到。

也许，我只习惯用我自己喜欢的方式爱你。

4

恋爱中的某一天，你发给我一段文字。是关于一只企鹅如何恋上一只冰箱的。文字很短。却看得我心绪起伏。那段时间，我们老是开玩笑地称呼对方为企鹅先生，冰箱小姐。我曾经对你说，希望你是我永远的冰箱。你也曾对我说，你永远不会离开可爱的企鹅。

可是，文字里说，有一天企鹅无缘无故地消失了。不久后，冰箱里空着的位置，也填满了其他的食物。

其实，所有的故事都一样，无论开始多么感人，最后，还是逃不过残忍的结局。

5

我离开你的那天。下着雨。记得有一次你说你最爱的就是下雨的天气。现在老天成全了你，让我在你最爱的天气里离开你。离开你这个我一辈子最后爱过的女人。

我这样说的时候，一点都没有洋洋自得。离开你没什么值得骄傲的。哪怕我是这个世界上你曾经爱过的男子。分手后的许多天，我还一直在这样的情绪里犹疑。我无法琢磨与判断你到底是为了什么才离开我的。你为什么不愿意和我一起远渡重洋，去过我们的幸福日子。你有个朋友告诉我，说你即使身在爱里也依然在害怕着我。她说你要的是不离不弃细水长流的爱情。可是我的感情太过强烈，你怕我有一天会将你焚烧殆尽。

6

　　我试图在一个完全陌生的城市完全忘记你。但是很遗憾，无论我多么努力，我都做不到。我会在吃饭喝酒的时候想起你，我会在电影院里看电影的时候想起你，我会在开车听音乐的途中想起你，我会在不知所以的情绪里想起你。你就像我的一个影子，不管我回头还是不回头，你始终都牢牢住在我身体里。

　　我还是很宅。我还是喜欢看影碟和听音乐。我还是会买好多好多的新书。很多并不看。只是放着，等着会有那么一天，亲手送给你。

7

　　出租车带着呼啸，在子夜里烫出一个红色小点。我用力揉了揉太阳穴，想化解脑神经里突跳的疼痛。

　　来之前，我问医生：如果我不做手术，还能活多久？医生有些不解得问我：这个手术难度并不高，你为什么不做手术啊？难道你不知道活着比什么都重要吗？

　　医生不知道，世界上的确有些事情比只是活着要重要多了。比如，爱；比如，记忆。

　　很久以前，我看过一部电影。电影里说：当你不能再拥有的时候，唯一可以做的，就是令自己不要忘记。

8

为了见你。我在挂断电话后就立即开车出门。我只带了护照和钱。其他，我什么都没带。我甚至都忘了给你去买份礼物。我开了一个半小时的车，到机场。我坐了十三个小时的飞机。到了上海。我又坐了三个小时的大巴，到了S城。等滴滴，花了我十七分钟。坐车，又花了十一分钟。我整整用了将近二十四个小时，才来到你的小区。

地图上两个手掌的距离。实际上有9172公里。还好。不是很远。还不到10000公里。

9

结局1

我按响你家门铃时，心里特别忐忑。就像很多年前，我第一次到你家，按你家门铃时的忐忑。过了一会儿，门吱呀一声打开，有一张熟悉的笑靥探了出来。门里面的音乐声有点隐约，但我似乎刚听到了这么一句：千里迢迢，来得正好。那是王菲的歌。那是你曾经最爱的歌。

我急步上前，一把，紧紧抱住了你。

结局2

已是深夜。整个小区里安安静静的。和我现在所住的城市没什么区别。这一瞬间，我有些恍惚，我离开了一种清冷，却投向另一种寂灭。你家的灯光暗着，我不知道你有没有在里面。我没敢按门铃。我怕惊扰了你的美梦。但其实，我怕的，只是万一你不在。

我在你家楼下的石凳上坐了很久。终于决定给你发个短信。但我不知道说些什么。想了很久，我打了四个字给你。我说：生日快乐!

玩物

一

我有一辆酷毙了的豪车。是许多人都会看得眼直的那一种。

我的车有一个非常大气的名字。慕尚。

二

在你开始羡慕嫉妒恨之前，请百度一下慕尚。6.8T的排量，24K镶金双翼，580万的售价，B字头旗下最闪耀的旗舰车。没有之一。

别弄错。B可不是奔驰。奔驰只是小B，只是小学生，只是小儿科，还配不上真正的B。

真正大大写的B只有宾利。

三

我家住在城南最大的一个小区里。小区有一个很好听的名字，叫春风公寓。春风公寓共有住户1500余户，最有钱的，有三套房子。三套房子按市场价的最高值算，不过区区300万而已。

所以，一开始我就说了。你先别羡慕嫉妒恨。我怕你恨错了人，心生晦气。

你说，那你是干什么的？住普通小区，开豪华靓车，这演的是哪一出犊子戏。我取出可能相当于我一间卧室价钱的车钥匙，在你面前晃了晃。

我说，我就是一司机。

四

我叫路平，今年三十岁，长得虎虎生风，身高马大，英气逼人，放在古代，不是潘安，就是宋玉。我重点大学本科毕业，文学、经济学双学士，出口成章，落笔成文，放在古代，不是秦观，就是居易。可，现在，我就是一司机。

我的老板身高不到170，体重也差不多有170，身材和海绵宝宝差不多，从头到脚，从上到下，都那么圆润齐整。老板的脸更有特色：五官几乎被脸上的赘肉挤在了一起，只占据了整张脸不到四分之一的空地，你根本没有办法从他脸上看出他的悲欢怒惧，因为他所有的表情都是一样样的。

老板的难看，可不是一般的难看，那可是难看中的难看。但老板有钱。有很多很多钱。他家在S城的豪宅占地50亩，房间30多间，光车库就赶上一个体育场的大小了。车库里停放着跑车、商务车和顶级豪车，世界三大顶级豪车的品牌，劳斯莱斯，迈巴赫和宾利，被他轻而易举地占全了。

他有三个专职司机。十二个贴身保镖。我的工作时间不长，只负责二、四、六晚上的开车，其他时间，都可以做自己的事情。

五

我看见过许多貌美如花的年轻女子先是爬上了老板的车，再是爬上老板的床。我几乎想象不出那些鲜活的胴体在老板肥硕的体躯下该如何娇喘承欢。很多次，我想我要是个女的，被这样一个男人压在上面，那还真不如死了算了。但我不是女人。所以，当那些女人高高兴兴上了床，又神采奕奕挽着老板的手出现在我眼前之后，我发现，这真是我所不懂的世界。这真是我所不能了解的事。

可惜，老板从来没啥子长性。他总是爱一个，上一个，然后甩一个。他从来不会为哪个女子停留。哪怕，在我眼里，这其中的任何一个女子拉出去，都要稳稳胜过当今娱乐圈最漂亮的女明星一头。

六

我看到一个白衣女子上车的时候，呼吸几乎快要停止了。虽然她脸上画着精致的妆，头发也比三年前长了好多，但我还是一眼就把她认了出来。

我怎么可能认不出来。

为了她有一天能突然出现在我面前，笑颜如花再度扑入我怀里而祈求上苍。一千一百零九天前的一个夜晚，在她残忍得对我说出分手之

后，我从未在她的世界里再度出现过。我发誓我要做一个有骨气的男
人。

但我记得那晚所发生的一切。永远。

她说：我想要的，你都给不了。你能给的，我都不要。我不要你来猜
我的心，你低声下气也好，你趾高气扬也罢，那是你的事，和我无关。我
知道你对我好，但说实话，和你在一起，我实在是太累了。我不想在这么
疲倦的爱情里耗费我的青春，所以，就到这里吧。

她说到这里的时候，故意看了一下我。也许她看到我眼睛里有一种叫
作心如死灰的神色，她有些不忍，她最后安慰我说：你是个好人，相信你
会找到属于你真正的幸福的。我看着她婀娜的背影在我的怨恨里婆娑而
去，我麻木得在漆黑的夜里蹲了整整一夜。我咬着嘴唇狠狠地对自己说：
我一定要幸福。

但我不幸福。我甚至都克服不了沉重的思念和刺心的痛苦。当寂寥、
孤独把我一个人关在房间里的时候，我总是会手贱得翻出她的微信、微
博，默默浏览她最近到底去过了哪里，做过些什么。有时，我看不到她的
任何信息，会很犯贱地猜测她是不是出什么事情了，我要不要打个电话发
个信息去关心一下。

我忍得好辛苦。好无力。好纠结。好悲伤。我本是个豁达乐观的人，
但在她的爱情离开后，我甚至在笑的时候，都会心里疼。

很多人都和我说过，时间是最好的药，但这贴药从未治愈我。

七

她没有认出我来。也许她早就忘了我吧。又或者，她根本就不记得有过我。

马路上的车辆在霓虹的映耀下，闪着流光。我在心里告诉自己，认真开车，千万千万别看，别看，千万别看。但我终于还是过不了自己的一关。我还是没能忍住从后视镜里望向她的所在。一遍又一遍。

她就腻在老板的怀里。笑得像朵花儿一样。老板的手在她胸上游弋，不时发出一阵阵放荡的笑声。而她则蜿蜒着身子，柔媚得将老板的手引向更为深处的所在。

她的喘息声像是一张带着毒钩倒刺的网，从我的天空铺天盖地罩落下来。

八

平日里十几分钟的车程，今天却像有一辈子那么长。

好不容易停好了车。就见老板迫不及待地半搂半拽着她，匆匆下车而去。

我看着她婀娜的背影和老板肥硕的背影联袂消失在眼前的时候，发现心里痛了三年的那个最脆弱的部分突然一点都不疼了。折磨了我三年之久的相思之苦竟奇迹般地不治而愈了。真是神迹啊。

我取出那个比我一辈子的努力都要贵重的车钥匙，没有一丝犹豫，放到保安的手里。他懵懵地看着我，搞不懂我为何要做出这样的举动。我向他笑了笑，温和地说：请转告老板，我不干了！

我身轻如燕得穿过长长的廊道，走出那座囚笼般的豪宅。在那些保镖的眼里留下一个傻瓜的背影。

外面，开始下雨了。像是时间落下的泪水。

我骑着单车回家。

在路上，我做了一个决定。我准备永远离开S城。

去哪里，我还没谱。但，离开，就好。

九

十年后。我的第一本诗集出版。

书的扉页上写着：献给鲜花和阳光，孤独和迷惘，苟且和彷徨，诗歌和远方。

哦，忘了告诉你了。我的诗集有一个忒俗的书名，叫作《谢谢你的成全》。

诗人

1

很抱歉，我是个诗人。

当对面那个看起来有些端庄的姑娘幽幽地问我是做什么的时候，我犹疑了好半天之后还是如实作了交代。

这年头，做什么都比写字的好。写什么，都比写诗的强。

但我偏偏是个诗人。

姑娘似乎一下子没听明白我的话，又轻轻呢喃了一遍：诗人？

接着。她的两弯新眉微微蹙起一个优美的弧度，嘴角向上带出一深一浅两个酒窝。（对不起，我又习惯性得犯了老毛病。犯了诗性。其实我想说的是，姑娘笑了。）

她的眼睛忽然一下子明亮起来。在暗无天日的咖啡馆里闪出一大片动人的光泽。

我就这么直愣愣得瞪着她。整张脸都被烧得通红。我听见心脏附近发出一种玻璃碎裂般的声音，接着，像是有一条小虫爬了进去，让我全身的经脉直痒痒。这种挠痒的感觉真的很好，就像掏耳朵。

也许这就是爱？我被心里这个突然冒出的念头吓坏了。

我只是个卑微的诗人而已。难道，我也能爱？

2

听说，台风要来了。

台风有个很好听的名字，叫作苏菲。

但澄蓝色的天空，似乎还没有台风的影子，头顶悬着的是明晃晃的太阳。

我数着钱包里不多的钞票，穿着拖鞋短裤，走过小区里破损厉害的道路，去超市买了方便面、饼干、蜡烛、咖啡、雨衣和手电筒。

我给你打了个电话。你没接。我不知道你在哪里。你去了哪里。我只有你一个号码。你接的时候，你就在。你不接的时候，你就不在。

和你一起快半年了。不近不远。我知道这不是我理想中的恋爱。我是诗人。我希望我们的爱能够像一把火，让身体与魂灵都烈焰熊熊。或者，像一江水，你在这头，我在那头。或者，像一张邮票，我是四方连上的图画，你是盖在我身体上的印章。或者，像一朵云，你想要什么造型，我就是什么形状。

但我只是个诗人。只是张白纸。所以，你可以随便揉。怎么揉。翻来覆去地揉。心不在焉地揉。

往纸上写诗的时候，我仗剑驰骋，纵横天下。写不出，或者写出来的你根本不屑一顾的时候，我只能低下头颅，屈服在你的影子里。

傍晚的时候起风了。墨色的云一团一团压到屋顶。我看见老房子突起的檐角上有一片绿色的青苔。我关上窗。

雨来了。重重砸到脆弱的玻璃上，发出琉璃般的声响。

停电了。世界只剩下了风声。

瓦片缝隙里漏下来的雨滴精准地落到我在房间里摆放着的七八个木桶和盆中。

我起身，在木皮斑驳的桌子上点亮一根蜡烛。取出一只已经跟了我十几年的英雄牌钢笔，端端正正地在日记本上写下：

台风来了。台风会走。

你来了。你会走吗？

3

我以一个诗人的直觉，告诉自己这所有的一切都只是我的一厢情愿。

你说：我喜欢玩，我说：我陪你。

我说：我喜欢宅，你说：你爱干吗干吗去。

我说：因为你快乐所以我快乐。

你说：只要我快乐，管你快不快乐。

你说的话比我哲理。虽然我说的话比你诗意。

你最喜欢在我面前唱的歌里有这么一句：亲爱的LZ先生，你就是诗的倒影。很多年后，我才明白，那不是诗的倒影。

那是屎的倒影。

你说我可能是个好诗人。可是，我绝对不是一个好的爱人。诗人需要敏感。爱人需要大度。诗人需要痛苦。爱人需要付出。诗人需要感悟。爱人需要马虎。诗人需要追逐。爱人需要停下脚步。

你和我说话的时候，我觉得你像个诗人。而我，则是你的倒影。

4

诗很短。爱情也长不了。

你越来越厌弃我说话的方式，我写字的方式，我思维的方式，我放纵自己或者安慰自己的方式。

有一天，你严肃地和我说：你能不能正常地说几句话？不文绉绉地说话，你难道会死吗？

我考虑了很久，似乎在自辩，又似乎在回答你，我说：不写诗，我不会死。没有你，我会死。

我话音刚落，就看到你的脸在一瞬间变了好几种颜色。最后我看到的颜色，似乎是黑中发紫。

5

我决定写一首诗给你。

题目也想好了，就叫作《你》。

你。

远在眼前。

你。

近在天边。

6

我和你有一点很相似，我们都喜欢好聚好散。所以我们最后的一次约会，又约在了那家我们初次见面的小咖啡店。

咖啡馆里，永远是暗无天日。在这样的黑暗里，我们却还要选择更暗的地方坐下来。也许是怕看清彼此的脸色与眼神会衍生出许多尴尬，所以，我们都坚持不在桌台上点上蜡烛灯盏。

我看不清你。你看不清我。我们就像两个眼盲的人。我们的眼里都只有自己。

你说：你别说话。我先说。

你的声音很轻柔。很好听。

你接着说：你是个诗人，是个好人。但你也是一个陈旧的人。你的世界里只有诗意，其实也只有你自己。别否认，也别说你对我多好多付出多努力，你只是在满足你的想象而已。我不是你的想象，我是一个真实的姑娘，我不是你写在白纸上的几个字。我也不想做你背后的缪斯。我喜欢过正常的生活，我喜欢手机微信朋友圈，我喜欢玛丽苏和花千骨。我爱到处去玩。爱看电影吃美食逛大街买衣服。爱聊天，深更半夜都可以。我讨厌只是两个人整天像连体婴孩般地腻在一起。我不喜欢过度亲密。讨厌暗示逻辑分析推理。我最最最讨厌的，是那些装腔作势的语句。最近，我甚至对你滋生了逆反心理。你所说的，我就下意识地要和你唱对头戏。我也不知道我是从哪天开始滋生出的这种情绪。我就是很反感你说的一切。你做的一切。一切。所以，趁着我们还能平心静气地说上几句话的时候，我们分手吧。这样对你对我都好。这样对你对我的将来都好。所以，我不说对不起了，你也别说谢谢你。

还有，你别问最后一个问题。我爱过你。

你的话很刺耳。但依然很好听

7

虽然，你讨厌我的诗歌。可是，写诗是我唯一会做的事情啊。

所以，我只能写，写，写。

我只能不停地写，写，写。

写诗是一种病。在离开你之后，变本加厉。

我找了个老中医，说想唱首歌给你听。

天空有朵七色的云。我以为那是大圣的战衣。

你远远对谁挥了挥手，我沉入蓝色的湖底。

曾经，我没有你。现在，我失去你。

想从耳朵里掏出一根金箍棒，在云端搅动混乱的记忆。

长长的日子，塞满了深渊般的空隙。

谁借我一只画笔，临摹但丁的神曲。

肢体贴着大地，对明天毕恭毕敬作揖。

曾经，我不是你。现在，我不是自己。

守陵人

我姓姒，住在守陵村，是个守陵人

我们村子不大，最辉煌的时候，不过百来户。现在，村里几乎没有什么年轻人了，他们都去了更南的地方，听说那边赚钱快，有漂亮的姑娘和花花世界。

我曾经也想去的。那会儿我还年轻，脸上没多少乡土气息，个子很高，身板儿也硬朗，喜欢我的姑娘虽说不用排队，但一只手还是数不过来的。但我命欠，喜欢上了一个城里来的姑娘。她身子苗条，胸部丰满，每次在村口看见我，总会羞红了脸。我以为她是个腼腆的姑娘，直到有一晚，她趁着月色隐过来，爬上了我的床。那一夜，我真的好开心。我听到门外的溪水一直哗哗地流着。

她为我生娃那天，下着漫天大雪。我见她拧着眉头，努力把孩子从身子里憋出来。是个女娃。长得眉清目秀的，像她妈妈。

冬天来了，春天还会远吗？这是我从一本书上看来的诗句。我以为，那该是不变的真理，却原来，是骗人的。

春天来了，姑娘走了。走得悄无声息，毫无征兆，无影无踪。家里的门开着，孩子就搁在桌上，见我进来，哇哇大哭起来。我一把将囡囡搂进怀里，轻柔地哄着，脸上，眼泪纵横。

村子后面有个很大的山谷，半圆状的，拱着一块陡坡。山脚，有一面清澈的湖水。很深，很清。听说，坡下埋的是千年前忠勇的将士遗骨，一场惨绝人寰的厮杀后，来不及为阵亡的英烈们刻制墓碑，只匆匆用黄土堆起，向四周撒上青松翠柏的种子。千百年后，黄土仍在，种子长成了满山的绿色。

听村长说，乡政府看中了这块山林，想收储起来造一个公墓。为此，全村老小聚到破败的城隍庙前开会。投票的时候，大伙儿齐刷刷地举了手。没一个人反对。我们本来就是守陵人，能为更多的亡灵守护，那是我们的荣光。在征地合同上，村长替全村提了一个条件：公墓的建设不能破坏原来的土坡。都是孤魂，一定要好生相处。

随着公墓里的石碑越竖越多，女儿也慢慢长大，逐渐出落得水灵，而我的脊背却开始往地面弯曲了弧度，皱纹渐渐爬满了额头与眼角。

如今守陵也算是一份不错的生计，至少可以养家糊口。平日里有人出丧，我会早早扫干净坟前的枯枝败叶，描朱移石、堆土焚烛。等他们哭完拜完下了山，我会收拾干净坟前的香火，留下鲜花菜食，齐整安放于碑前，系住那份铭心刻骨的疼痛。下山前，来送行悼别逝者总会有人往我手里塞一个纸包，嘱托我好好照顾他们的亲人。清明冬至更不用说，来祭祀的人大多会给我捎来好酒好烟。

但我舍不得抽这么好的烟，喝这么好的酒。我会在村里一家小百货店里折换成稍差一点的烟酒，多余的钱，替女儿存起来。她马上就要上大学了。那时，需要许多钱。

女儿最近忙于功课，很少回家。她是县城高中的住校生，平常吃住都在学校里。许是她母亲逃离的缘故，女儿从小就很懂事，刚上小学那会儿，就已经能帮我搭个下手。我本来是不同意她跟去坟前的，但女儿的问题却难倒了我。她问：爸爸，你不是说，逝去的人最怕寂寞。那多一个人去看看陪陪，不是就少一分寂寞了吗？

昨儿村长打电话给我，说城里有个大人物的亲人过世，明早出丧，想托我去坟前提前修琢整饬一番。今天一大早，我就去了坟前。坟很大，朝向和风水都不错，看得出是有钱人。过世的是个女子。名字很陌生，我不认识。有些意外的是，往墓碑上描朱的时候，我用了快两年的朱砂毛笔竟断成了两截。我不知道这意味着什么，但总觉得有些不祥。

说是大人物，但来的人却不多，看来是想低调些。过世的是女主人，来送行的，是她的丈夫和一对儿女。男子戴着一副金丝边的眼镜，干净儒雅。一对儿女也长得很好看。小伙子高高的，帅气利落。小姑娘低着头，皮肤嫩白如水，隐隐的，似乎还藏着一丝红晕。我总觉得这样略带红晕的笑容很是熟悉。但我老了。记性差了，我想不起来了。送骨灰入穴的时候，两个儿女都没有哭。只有丈夫偷偷摘掉眼镜，抹了抹眼角隐约的水迹。下山时，男人往我手里塞了一个纸包，厚厚的。

没一会儿，我看见山脚处有一辆黑色奔驰从墓地的停车场驶出，开得快，车尾扬起一阵尘土。我收回视线，转身，将尚未焚尽的银锭往火堆里拨了拨，将斜摆在墓碑前的那束黄色菊花安正。

奔跑吧，AV

1. A

艾俊立在金融大厦88层楼的巨幅落地玻璃后面，目睹底下的人流，穿梭成蝼蚁。

艾俊的个子不高，穿着朴素，一张娃娃脸上始终挂着淳朴的笑意。他很有钱。但和他接触不深的人很难从外貌和穿着上精准地判断出来。他不是富二代。他是创一代。

艾俊有钱后，才开始有了他的爱好。他的爱好和他的人一样，低调，沉稳，内敛。

他热爱收藏古书。

小时候家里没钱，老是吃不饱饭。晚上，艾俊家五兄妹就挤在一张床上，听着肚子里的咕噜声在彼此的肠胃里你争我抢。饿得实在是挡不住的时候，弟妹们就会将目光投向艾俊。他是老大，为了能让弟妹们饿着肚子也能入睡，他能想到的唯一有用的法子就是给他们讲好听的故事。虽说故事不是粮食，也不是被子，但确实有能叫弟妹们暂时忘记饥饿的神奇作用。

艾俊的故事并不是从天而降的。他的故事大多出自于一本叫作《山海经》的古文绘本。里面有好多陌生的字词，艾俊看不懂，也不能理解。所以，每周他都会把不懂的字、词、句工工整整得手抄下来，然后走上几十里地，赶往县城里的新华书店免费翻阅一本叫作《新华字典》的神书解惑释疑。

那时候，新华书店里都有一句振奋人心的口号画在墙上，艾俊记得他看到的那一句叫作"知识改变命运"。他不知道到底是不是知识改变了他的命运，他只是真的慢慢有了不同的命运。

二十五岁那年，艾俊赚取了人生中的第一个5000万，意气风发。有个不太熟络的朋友在他生日晚宴上赠送给他一套古本的《本草纲目》，厚厚四册，很沉。待宾客散去，他坐在宽大的书房里翻开了书籍。书大概只有七成新，线装版，隐隐泛着一阵沉沉的药香。

就像身藏道心之人会有突然的醍醐灌顶，然后功德圆满；就像修炼武技之辈会在某个刹那毫无天理地打通了任督二脉，神奇得将所有的技艺融会贯通，然后冠绝天下，于艾俊，翻开书的那一刻，就是这样的顿悟，就是这样的刹那。小时候的记忆突然直愣愣涌出来在他的脑海里全盘复活，头顶仿佛跃过一道光，圣洁般地耀闪下来，在他的心里亮起金灿灿的一片。

从此，他开始更加努力地赚钱。他的努力，慢慢累积成了红木书架上一本本新旧厚薄不一的珍贵古书籍。

小楷手书版的《资治通鉴》，梵文版的《湿婆往世书》和轩藏版的《百城烟水》成了他书架上最为珍贵的三件宝贝。

四十岁生日的前一天，艾俊从日本收到了一本他已经在网上求购了好几年的奇书——《推背图》。书是用航空专递寄过来的。信封上的字有些娟秀，似乎是女子的笔迹。

在拆开包装准备阅读之前，艾俊清水净手，焚了檀香。

书很薄，几十页宣纸被轻盈地束住，在掌心里几乎掂不出分量。艾俊小心翼翼翻看了几页，目睹那些谶语般魅惑的诗句在抽象无比的绘图下闪着妖光。

手掌抚摸过的纸张略有些褶皱，轻轻随着气息流转。靠近书的侧上方似乎还有那么一处微微的凸起。艾俊轻轻将书直立起来，微微抖了抖。

一枚幽绿色的书签从尚未翻阅的书页间滑落下来，贴着空气的弧线，飘落到地上。

这是一枚看上去鲜活无比的缩微版秀竹书签：相对粗壮的茎秆弯斜朝上，竹枝密密地弥漫在主干两侧，宽大的竹叶交替盘卧在分叉的枝干上，奋力朝上展露着身姿。整枚书签竹茎蜿蜒，竹脉纤细，竹叶丰盈，显得鲜活，有生气。

竹签的茎秆底部似乎还有着一团隐隐的红色，艾俊取出放大镜后才看清楚那似乎是几个英文字母。

Vivian?

好像是女人的名字。

2. V

尾田若叶低着头，走出东京浅草福井町忍冈小区，转过好几个街区后，她才将一直覆盖在脸上的口罩取下来，放进橘黄色的手包里。每一次她从他那里出来的时候，都很小心翼翼。和东京大学副教授山下保久长达七年的躲躲闪闪地下恋情让她感到了疲倦，但她不能不小心一点，这是个开放小区，谁也不敢保证她就不会在路上偶遇她曾经的客人。

"都怪自己年轻时太贪慕虚荣了。要是当时能不那么拜金不那么喜欢奢华的饰品和衣物，也许现在过得应该也还算不错吧。看来自己种的恶果只能有自己吞食……"想到这里，尾田幽幽叹了口气。硬质的木屐在青石板上敲出一阵琉璃般的声响。

每次从山下家出来，尾田都喜欢去一家叫作"一次"的咖啡馆。她会点一杯曼特宁，沉迷于那种苦中倒泛出淡淡甜味的感觉。她觉得这样淡淡的甜味刚好能平衡她心里的罪恶感。

在山下眼里，尾田是成熟中略显羞涩，文静中藏着典雅的知性女子。但转身，在灯红酒绿的觥筹间，她就摇身一变，成了烈焰红唇的性感尤物，六本木夜总会的头牌小姐，Vivian。在两个不同的舞台上，尾田都是一个极其优秀的演员。有时候，甚至连她自己都以为，那是完全不同的两个女人。

上次送她书的那个男人，是钟爱她的客户中最长情的，似乎有权有势，但送来的东西却没有一样是自己喜欢的。有时是线装的古书，有时是精致的盆景，反正都是她看不懂的东西。要是能送我一双Christian Louboutin的鞋子不是更好。这个古板的中年人。尾田在心里暗咒了一句，却面带笑容得把他送到门口。

后来的某一天，尾田偶然在电视上看到了这个男人，系着他最喜欢的淡蓝色圆点领带，一套深灰色西装，激情洋溢地做着鼓动人心的演讲。他身边立着一位看上去很优雅的女性，一身白色套裙显出她不俗的气质。他和她的手紧握着，显得那么恩爱。在电视机下方那排红色的注字"文部科学省长官户部岸雄专访实录"撞入她的眼帘之际，尾田突然感到肠胃里泛起一阵酸闷的恶心，她赶忙冲到漱洗室，半蹲在洁净的马桶旁，一阵狂呕。

她不知道为什么已经采取了严密的防护措施却还是意外得有了身孕。当测孕纸上两条鲜亮的红色冲入她眼帘时，她真的快要疯了。虽然她赚了不少钱，但一个孩子的突然降临，还是让她措手不及。还没想好如何处理和山下的关系，孩子的到来，更是火上浇油。何况，还不知道是谁的孩子？

在慎重考虑了一个星期后，她甚至都奇怪自己会做出这样的决定：把这个孩子生下来。在她肚子显出轮廓之前，她又做出了另外一个决定：她要和山下共度余生，不管肚里是谁的孩子。

在这之前，她得为自己积累更多的钱。更多的钱就意味着更多的保障。客人们送给她的礼物无论是字画、玉器还是手表、首饰，她都一律兑换成了现钞。

既然已经决定和过去一刀两断，那就什么都不留下，彻彻底底。

尾田是不懂书的。但也是运气使然，她正好在日本amazon上拍卖她的字画时，看到有一个中国买家竟然出资1000万日元求购一本古书。书颇有些眼熟，她总觉得在哪里见过。几天后，才想起，就是那个道貌岸然的文部科学省长官送给她的。礼品应该是藏在玄关的杂货堆里，她费了好大劲才找到。

书有些旧了。蓝色的封皮甚至有些龟裂。就这本书，值1000万？

她完全不相信竟有人会以这样高的价格收购这么一本旧书，看来中国多土豪的传说果然不假。不过，她看过那些为她一夜掷千金的客户，她想，也许，这个中国人和他们是同类。只是有人喜欢鲜活的胴体，有人喜欢破败的书籍。

这本书，她从来没有翻阅过。

她不知道有人会在书里夹上一枚书签。书签上，会有人用朱红色的颜料描出她的名字。

3.奔跑吧

四十五岁的艾俊累积起来的财富已经远超了普通人所能想象的极限，成了一个抽象的数字。在福布斯最新榜单上，他已跃居全球百大富豪之列。而这些年，他的古书也已堆满了整个书房、客厅和卧室。正当公司的员工期待着年轻的董事长能带领他们继续跃进，攫获更大财富之前，他却出乎意料地召开了一个记者招待会，会上他宣布将他的集团公司全权交给职业经理人打理。而他，将出任新成立的一家文化传媒公司的董事长，专门从事古书籍的编纂发行工作。

新公司的名字是他取的，叫作A&V。

几个一直跟随艾俊创基业打天下的公司元老们都对这个名字颇有异议，也有人私下问过艾俊为什么要取这个和AV容易混淆的名字。艾俊笑着，却并不回答。

几天后，国内最大的新闻博客网曝出了一则震撼性的消息，一直在男女情事上低调收敛的艾俊终于恋爱了。令许多人大跌眼镜的是，绯闻中的女主角是个体态丰盈，烟视媚骨的性感女子，听说刚出道时还曾演过几部露骨的情色片。

她的中文艺名倒还算正经，叶朴筠。她的英文名，则叫Vivian。

四十五岁的尾田若叶已经容颜败落，皱纹细密得从眼眶四周蔓延开去，像一场无法遏制的瘟疫。女人不经老的谚语还是准确击中了她。过惯了奢华生活的她也终于还是没能适应素面朝天的生活，生下孩子的第三年，她就抛家弃女回到京都银座重操旧业。只是欢场是属于青春的游戏，一年不到，她就从六本木的头牌跌落到了二流、三流。之后，又换了几家娱乐场所，但终是越来越不如意。

东京的天气说变就变。大风肃杀的深秋，有些寒意逼人。

尾田若叶走在狭长的小巷深处，看到一张单薄的报纸在她褪了颜色的红色高跟鞋间翻飞起舞。报纸的正面隐约着一则黑体字的新闻标题：中国富商进据日本，典迹真藏全面失守！

标题下面是一张巨幅的黑白照片，男的长相普通，女的却冷艳性感。尾田下意识地又多看了几眼，发现照片中女子的眉眼竟有几分相识，似乎是在哪里遇见过。

是哪里呢？

"失忆号"死亡专列

一

火车还没有开动。我坐在车厢最尾靠窗的位置上。发呆。

车窗玻璃擦得干净敞亮，能清晰地看到我的轮廓。

但我几乎认不出玻璃那一侧的人到底是谁。一件黑灰色夹克衫裹着一个干瘪的身子。一张瘦削的脸上全无血色。眼神空空的，从对面望过来，穿过我，落到我身后。

我的身后没有人。都是空空的座位。

我手里紧攥着车票。死死地。仿佛那是我的救命稻草。

其实，在进入候车室的那一刻，我就忘了我到底要坐哪一个班次，哪一列火车。我也忘了，我到底是想去往哪里。我甚至都不记得今天是哪一天。今年是哪一年。

我忽然觉得头有点痛。下意识地从口袋里摸出一瓶药。取出白色药片，和着手边的矿泉水，吞服下去。

不想了，管他的，反正我已经上车了。

上车了，就好。其他的，听天由命吧。

二

汽笛悠长。火车缓缓向前。

车厢里乘客不多。准确地说只有几个人。

一对年老的夫妇依偎在车厢那一头。花白的头发有些刺眼。他和她正冲着我的方向微笑着。像是看到了我，在和我打招呼。但他们的目光悠长，似乎又像是没看到我。许是我多疑了，我总觉得，他们的微笑里夹杂着无可挽回的深深悲伤。

一个十来岁的中小学生，穿着校服，坐在中间的位置。耳朵上套着一副白色的耳机套，自顾在那里摇头晃脑。

一个西装革履的青年男子，坐在中学生的后面一排。他一手摸着鼻子，一手翻着一本厚厚的杂志。男子的鼻子很挺，像一座古希腊的雕塑。

就这么四五个人，占据了一节车厢。如同占据了整个世界。

我转头，继续望向窗外。沿途的风景慢慢向后退去。

直到城市变成了荒野。直到白天变成了黑夜。

三

车厢里的灯，发出暗黄色的光。

我听到门吱呀一声，抬头，一个穿着玫红色蕾丝裙的女子优雅地闯入了我的眼睛。

女子长得真好看啊。

一张宜嗔宜喜的俏脸，颜色如纯白的羊脂玉，吹弹可破。两道柳眉弯曲出完美的弧度，配合着精致的五官，显得端庄成熟典雅迷人。黑瀑般的直发垂过她的瓜子脸，在最末端处悬浮起几缕卷曲的发卷，发丛边处，耳垂上细细长长的两枚四叶草状的细钻耳环在微光映耀下闪闪发亮。

我被这迎面而来的无限美好瞬间定住，全身都不能动弹。好在眼神还可以自由地游弋，正傻傻地痴望间，她也恰好眼波流转，和我的眼神对在了一起。

她的身子在看到我的一瞬间似乎也定住了。就像是被一种绝望而希望、希望又虚妄的情绪突然击中，似信似疑似真似幻的微表情在她脸上如泼墨般挥洒开去，渲染出一幅明媚动人的水墨画。画里最惊心动魄的一笔莫过于她眼眸深处前赴后继奔涌出的晶莹泪珠，将她美好动人的俏脸打出千片万片的梨花带雨。

她是哭了吗？

她是在为我而哭吗？

四

我不认识她。真的。一点都没有印象。

我不会忘了那些我认识的人。尤其还是那么美的女子。我怎么可能会忘记呢？不可能。

可她分明又哭得那么伤心？

我哆哆嗦嗦站起身来。从夹克的贴身口袋里取出一小包餐巾纸，递给她。

她没有伸手来接。

她只是幽怨地看了我一眼，唇间幽幽吐出一个名字：一白？

我朝左右看了看，没有其他人。只有我。

一白？难道她是在叫我。可我既不姓一也不叫白。

所以我脱口而出，谁呀？

你。她坚定的目光指向我。

我？我还是怀疑。

她却点了点头。

我不是一白。我不是。所以我摇了摇头。

那你是谁？她的语气更幽怨了。

我是谁？

我发现我竟然不能回答她这个问题。是啊。我是谁。我姓什么叫什么。我总该有个名字的吧？可为什么我就是答不上来呢？焦灼的情绪像一把刀从我的心里翻卷过来，一寸一寸切割我的思绪。

我的头又开始痛了。痛到了身体发出微微的颤抖。跟着手也抖起来。腿也抖起来。似乎，连身体里的血管都抖起来了。

我发现车厢开始以天旋地转的方式转起圈来。我晕晕的,向前扑去。

昏厥在闷闷的车厢里。

五

当我睁开眼睛的时候,第一缕日光正从窗口爬进来,柔软地倒在我脸上。

车厢里空荡荡的,一个人也没有。

我觉得有些奇怪。但我说不出到底怪在哪里。

此刻,窗外的风景正好。魅惑。妖冶。奇幻。

一团团焚烧的火在荒芜的原野上结出一大片一大片的红色玫瑰。白色的云朵从半空倒坠下来,像一捧巨大的棉花糖,挂在孤独的烟囱上。白昼和黑夜同时在眼睛里出现,分割、占据、胶着,对峙在世界的两端。白昼有雨,七色的,如一串铺天盖地的彩虹珠帘,倏倏落落跌入江河湖海。黑夜起风,龙卷状的气柱似无数条形状各异的虬龙盘根错节在干涸的大地上,饕餮着人间的能量。

在天际尽头,镶嵌着一个巨大的黑洞,如一条张开嘴的巨蟒,吞噬着周遭所有的一切。

我从车窗的这一侧能清楚看到铁轨的尽头就在黑洞里。

我能看到列车呼啸着,朝着深不见底的黑洞,毅然决然地疾驶而去。

我吓得闭上了眼睛。

六

好像只闭眼了不过一秒钟的时间，当我再度睁开时，却发现自己似乎来到了一个完全不同的世界。

头顶亮亮的。有柔和的灯光照下来。我的身体没有摇晃的感觉。应该不在火车上了。那我是在哪里了呢？

是在做梦吗？可分明又不像。我的鼻子甚至都能闻到一股熟悉的福尔马林的味道。

我努力转了转有些僵硬的脖子。看到周围凑上来几张眉微有些陌生的脸。

我慢慢看清了周遭一切。

我确实不在火车上。好像是在病房里。一对佝偻着身体的老头老太立在病床的一侧，看到我睁开眼睛，嘴唇颤抖，声音哆嗦，老泪纵横。一个中年女子立在病床的另一侧，眉眼间依稀还藏着年轻时的风韵，怔怔地盯着我，悲欣交集。

还有两个穿白大褂的医生模样的人，立在床尾，轻声问我：你能告诉我，你刚才是在哪里吗？

火车。我下意识地脱口而出。

这两个字似乎带着一团无法解释的魔力，将我的记忆之棒瞬间点着，照亮了我脑海里所有被遗忘的角落。

我慢慢想起了一切。那对老头老太，不就是我年迈的父母吗。可他们现在的模样比火车上的样子要苍老好多啊。头发已是满目雪白。脸上的皱纹也开始切入皮肤，烙印下时间的残忍。而那个风韵犹存的女子，不就是我的妻子吗。她也老了。老了好多。曾经闪亮的面容已成明日黄花，密密的鱼尾纹在她的眼角张牙舞爪，不细看连年轻时的轮廓都找不到了。

可他们年轻时，到底应该是怎样的面容与轮廓呢？

突然，我惊觉。我在火车上都曾见过他们。他们在火车上的样子，才合乎我的记忆啊。原来，曾经美好的，都在列车上，被黑洞吞噬了。包括还未曾老去的父母。美丽动人的妻子。包括曾经幼小的我。曾经年少轻狂的我。曾经记不住过去和现在的我。

我现在什么都想起来了。

但，我还是感到有一种深刻的悲伤向我袭来。

我得的是一种叫作自闭失忆性痴呆症的罕见病症。这种绝症，没有救助手段，没有诊疗药物。既无法预测病情会何时发作，也无法判断病情发作了之后还能生存多久，诊疗组唯一给出的意见是：当病情发作后，如果病人有足够的幸运能够清晰地再度返回现实之时，也就是病人生命的终结之际。

而我确实是幸运的。至少在所有得过这种绝症的人之中。

我记得医生告诉过我，一旦病情发作，绝大多数患者的记忆会被困在某一种具体的情境中，比如说是没有窗和墙的密室、地底令人窒息的棺材、无边际的泳池、烈焰焚烧的火炉。这些单调而又冰冷的空间会逐渐消磨病人的思维，磨折病人的神经，刨光病人的记忆。如果没有天降神迹，当我病情发作后，我的身体会逐渐枯萎，我的记忆会逐渐消亡。我会在任何人都无法提供帮助的虚拟空间里，一个人孤独的死去。

我还记得我回家把这一切告诉妻子时，她那惨白到没有一丝血色的脸。但她还是紧握住我的手，对我说：一白，我要陪你。我会陪你。我想陪你。

我再次转头看了看病床旁，泪眼涟涟的妻。心里，疼痛不已。

我嗫嚅了一下嘴唇，想要和她说句话。

我看着她已经苍老破败的脸，慢慢凑近我。

我发现自己的心跳好快。

我不由自主地眨了一下我的眼睛。

七

我睁开眼睛时，发现自己又坐回到了奔驰的列车里。

车厢空荡荡的。只有我一个人。

火车鸣着汽笛，不知道要开往哪个方向。

我有些失神地靠在木头硬座上。眼睛呆呆凝望着窗外的风景。风景孤独。单调。荒凉。

我看见一只灰色的鸟笔直冲过来，狠狠地撞到铁皮车厢上。鸟儿一声哀鸣，落坠于地。一朵红色的血之花，残留在绿色的车皮上。生动而凄凉。

此刻，我忽然觉得好像有一只手狠狠拧住了我的胸膛。

我感到了一种濒临死亡的窒息与忧伤。

我的脸有些湿湿的。不知道是谁的眼泪正汹涌流淌过我的面庞。

我慢慢闭上眼睛。慢慢推开，最后的光。

琵琶行

一

　　我是个普通人。普通到不能再普通的那种。从小到大，我喜欢的事情不多。读书也不好。家境也一般。也没什么梦想。唯一喜欢的是弹玩我们家祖传的那把早已泛黄的琵琶。听奶奶说琵琶是太奶奶嫁过来时唯一的嫁妆。听过太奶奶弹奏琵琶的家里人并不多。奶奶说，你父亲可能听过一两次。

　　我记得我问过父亲：太奶奶弹琵琶好听吗？

　　父亲一脸茫然的样子，敷衍地答道："嗯，应该是好听的吧。"说完，摸摸我的头，就转身招呼客人去了。

　　父亲在S城经营一家小杂货店，精于算计，长于营生。即便如此，这么大一家子的生活负担一股脑儿压到父亲身上，还是让年富力强的父亲早早地生出了华发。幸亏母亲也是贤惠的人，时常帮着父亲照料杂货店的生意。一家人虽说过不上锦衣玉食的生活，但至少还能温饱度日。

我在家中排行老么。上有一个哥哥和一个姐姐。哥哥和姐姐都长得很清秀，读书也很好。我偶尔听到街坊们在茶余饭后的闲谈，他们认为我似乎不应该是林家的种草：那么笨，长得又比哥哥姐姐丑多了。我有时也认为我不该出生在林家。或许是隔壁的王家更合适我。王家的女儿王老虎长得敦厚壮实，笑起来，露出一口虎牙，呵呵的样子很傻。

哦，我忘了说了，虽然我长得不咋的，智商也不高，但我有一个虎啸山林的名字。

我叫林冲。

二

我喜欢琵琶，是从三岁开始的。

S城有句方言，叫一岁看小，三岁看老。听母亲说，我三岁生日那天，不知何故，就是死命地哭。哭声震天，让全家人都很烦躁。母亲试图用我平日里最喜欢的肉包子来诱惑我，用我最喜欢的玩具拨浪鼓来分散我的注意力，但都没有成功。我就是横下一条心硬往死里哭，还伸出两只肉墩墩的小手，似乎想要攫获些什么。就这样漫无目的地哭了半个多小时，喉咙都哭到沙哑，甚至连气息都快跟不上了，却依然没有停下鬼哭狼嚎般的哭声。家人实在没有办法，只好把家里所有能拿出来的东西，一样样放到我跟前。

然后，当奶奶颤巍巍得把一把枯旧泛黄的琵琶放到我面前时，我神奇般地停止了号哭，乌溜溜的小眼珠直愣愣盯着比我个头还高的琵琶，僵持了几秒的时间后，伸出两只小手狠狠就把眼前的琵琶一把搂进了怀里，像隔壁傻妞王老虎般的呵呵憨笑起来。

很多年后，母亲总会笑着对我说：你当年第一次抱着琵琶的样子啊，就像你父亲第一次抱我时的样子。母亲每次说这句话的时候，脸颊两侧总会泛起一道浅浅的红晕。很美。很年轻。

三

没人教我怎么弹琵琶。幼儿园的老师也没人会弹琵琶。所以，我不爱去幼儿园。经常会趁着老师不注意，就偷偷溜回家。这样反复了好多次之后，幼儿园的园长终于发了火，连夜赶到家里告我的状。父亲铁青着脸，先是用手指般粗细的藤条在我身上抽了两三下，然后让我对着家后院的断墙面壁思过。母亲也没有来帮我。这是我有记忆以来，父亲和母亲对我最为凶狠的一次。也是他们意见最为一致的一次。可我也是死脾气，忍着身上的痛，气呼呼得撅着嘴，将瘦小的身躯挪到高得逼人的断墙边，像一枚钉子钉在了土里。不管父母怎么骂，我都一遍又一遍沉默地告诉自己：绝不哭，也绝不认错。

也不知道就这样站了多久。站到明月上了山冈，站到肚子里咕噜噜直叫唤。还是姐姐心疼我，偷偷从家里灶间的大锅里，给我拿了几块锅巴出来，塞到我手心里。我用力捏着锅巴，忍着美得冒泡的香气，倔强得站着，不动，不吃，不哭。也不知道又站了多久，就觉得两个小腿轻微地颤抖起来，身子突然一下子变得很轻很轻，像是会飞起来一般。

但我终于没能飞起来。腿一软，瘫倒在了杂草丛生的墙沿。

四

这一次拼死抗争的成果就是我终于可以不用去幼儿园了。我每天都可以抱着心爱的琵琶，坐在杂货店门口的小石凳上，有模有样地拨弄着琴弦，和长长的蝉鸣，对抗长长的一天。

一天，一个盘着头发，穿着灰色卡其布，长得很好看的阿姨路过我家的杂货店。看到正在门口乱弹琵琶的我，突然来了兴趣，就站在门边，看我有模有样地拨弄着四弦。也许是她专注盯着我的样子太投入，让母亲感到了一阵没来由的惶恐。正要出来将我带进家门，阿姨却从口袋里掏出一个红本本，认真地和我母亲说她想要收我为徒。不要钱。

也许是她最后的那句不要钱打动了我的父亲母亲，在了解清楚她的身份后决定把我交给她。

我第一次去她家的时候，被眼前所看到的一切所惊呆。那么大的一座四合院。那么干净的玻璃房。院子里有许多我叫不上名字的植物。一些正散发着沁人的馨香。巨大的藤蔓顺着墙壁攀爬下来，将整面墙都渲染成了绿色。她的父亲母亲看上去比我的父亲母亲要年轻许多，穿得像小人书上的大户人家，却没有什么架子。我怯怯地叫了声爷爷奶奶后，他们开心的样子好像我真是他们的孙子一般。

阿姨的名字叫秦淮。一个比花儿还要好听的名字。

很多年后，我才知道，有一个地方，也叫秦淮。

五

我一开始就说过我是个普通人。普通的不能再更普通了。但那其实是我谦虚的一种表达方式。因为，秦淮阿姨一直说我是个天才。她说第一眼看到我的时候，就知道我天赋过人。

秦淮阿姨是个好人，所以我相信她的话。她不会骗我。

她其实只有我一个学生。我以为是她的要求高，所以收弟子相对谨慎，后来我才知道，她从收下我之后，就根本没有再收留其他学生的打算。

那一年，她因为莫须有的作风问题，被中央民族乐团除名。她愤怒又无奈地回到了S城。她的人生跌入了低谷。她以为她的人生就将终结在这座散淡得有些寂寥的小城里，直到她有一天在路边看到普普通通的我。看到我的第一眼起，她就觉得心里那团熄灭的火竟重新燃烧起来。她后来对我说，我就是她的涅槃。

我后来也好多次问她，怎么会看中的我？她没有一次正面回答过。她她只是慈祥地看着我，欣慰地笑着。

但我从来就不是为了她的欣慰与慈祥才练习的。我爱琵琶，是源于我的本能。就像一个被遗弃的婴孩，在人世间漫无目的地寻找，终于在千回百转之后，寻到了母体。

没人像我这么的亲近琵琶。我甚至都不用秦淮教我。仿佛前生，我的手指就是为琵琶的四根弦而存活的。当我静坐在木椅上，轻抚琴弦的那一刻起，我仿佛就不再是我。而天地也不再是天地。

每一个流淌出来的音符都是我前生前世的记忆，那么远，又那么近。忽高忽低的，是我吃过的苦吧。或轻或重的，是我爱过的人吧。干指滚、扫、飞、撇、夹、揉、吟，就仿佛是一生接着一生的喜、怒、哀、乐、贪、嗔、痴。

琵琶声一响起，我便忘了自己是谁。琵琶就是我的魂魄，就是我的宿命。

六

我的学习成绩不好。但我还是特招进入了中央民族音乐学院。因为我弹琵琶实在是太好听了。好听到来面试的老师听完了我的曲子后，都面色血红，如同饿了一个月的豺狼见到了一只丰满肉感的白兔。

新一届的民乐系只招收三个班级，我被分到了二班。我们班有二十二个同学。我是唯一的男生。

其他二十一个女生要么很漂亮，要么很有气质。只有我看上去那么普通。普通到似乎是开后门才进入的学院。几乎所有同学眼里都或多或少流露着鄙夷与不屑，虽然她们都掩饰得很好，很得体。

只有她没有。她看我的眼神是那么的纯粹与简单。纯粹的，我仿佛是个赤裸的婴儿。简单的，我仿佛是她本子上的古谱。

她很美。美得有些不太像话。这么美的人，即使没有任何特长也可以在这个世界上活得很好的吧。可偏偏，她还这么有才。真是让人嫉妒。不是说老天对人是公平的吗？但为何对她另眼相待？我对很美的姑娘天生有一种防御。因为我知道自己的样子。我知道，这样的姑娘都不会看上我。

我是个害怕在爱情里投入的人。曾经的经历告诉我，即使我弹琵琶禀赋异人，也不能改变我谈恋爱一塌糊涂的事实。这是一个看颜值的时代，所有朴实无华的，都应该退到幕后。

我在高中的时候，曾爱恋过一个姑娘。她在我给她弹了一曲《千章扫》之后，满眼泪光。但她还是很委婉地拒绝了我的喜欢，她说：我承认我很感动。但感动不是爱。所以，你可以让我感动，但是你没能让我爱你。很多年以后，我听说她嫁给了一个有钱人。我想她那么有思想，有眼光，所以她现在一定过得很好吧。

我知道我除了会弹琵琶外，真的是一无所有。要钱没钱，要貌没貌。而且一个男生弹琵琶也够怪异的，你听说过几个能够在弹琵琶上弹出点声名来的男性呢？至少，我从未听说过。

但她，却在第一天，就对我表现出了不同于一般人的友善。可我宁愿把这想成是她对我的怜悯。在情感的世界里我已经重伤过一次。我不想，第二次，被伤害。

七

记得刚开学那会儿，几乎同班的所有同学都对我不睬不顾。她们是不需要理我，身边围绕着那么多优秀的男子，每天挤在宿舍楼面前的有那么多豪车，她们何须理我。我那么不起眼，那么卑微，甚至连最基础的乐理知识都不甚了了，她们又何必睬我。

每天一下课，同学们就蜂拥着去食堂吃饭，只有我，会先去宿舍转转。这样我就能很好地避开她们。既然，她们的世界里容不下我，那，我的世界里又何必容纳下她们。

母亲经常对我说，要以仁爱之心待人。我听母亲的话，但我做不到。

至少，现在，我还做不到。

我以为我这样的刻意根本不会有人在意。我也不需要有人在意。我来这里是学琵琶的，其他的，都不是我该关注的。

但她，却温暖地待我。每次，当我的目光经意或不经意望向她时，她总会点头向我报以微笑。有时，她会故意在课后坐到我身边来，对我讲述她对课程的理解与领悟。她甚至会在下课后，故意多等那么一会儿，然后在我起身前，又先行翩然离开教室。一开始，我以为那只是自己的错觉，以为她应该对每个人都那么礼貌与温暖。她是那么独一无二，那么美丽美好的白天鹅。我不应该有非份之想。

直到有一天，午饭时，我看见她晃过许多帅哥美女齐聚的长桌，轻盈地走向躲在食堂一角，正在专心吃饭的我所在的孤零零的长条桌时，我的心，一阵猛跳。

她问我：这里有人吗？我能坐下来吗？

我怔怔看着她，面红耳赤，目瞪口呆。

在这一个瞬间，我成了不能说话的人。虽然我千叮咛万嘱咐自己切不可再掉入爱情。我得有清醒的头脑。我得知道自己的斤两。但很抱歉，不能控制的才是情感。所以，在我生出企图控制情绪之心的最初，我所有的感官早已被她的一颦一笑彻底俘虏。我逃不了。也不想逃。

那就让我彻底沉沦进去吧。一秒也好。所以，我自嘲地笑着说：我的对面不太有人来坐的。所以。你喜欢的话，我随时为你留座。也许是她的一坐让我有了脱胎换骨的转变，之后，我不再刻意掩饰我在琵琶上的造诣。甚至在一节我最害怕的乐理知识课上，我主动请缨，要求弹奏一曲。

那是全班同学第一次听见我弹奏琵琶。而我知道我终于是要吓坏她们的。这帮天之骄女们，以为自己考了级请了名家指导练习了十几年的酷暑寒冬就一定能够展露鳌头，可她们错了，技巧在演奏里永远都不是最重要的，只是，她们中的有些人，一辈子都不会懂。

所以，当我的手指在琵琶上弹出第一个音符的时候，我就知道，她们的头颅将从此只能在我面前低下。在琵琶的国度里，我就是唯一的王。她们连做我的丫鬟都不配。我要的哀转悲吟，我要的纵横睥睨，我要的小桥流水，我要的大开大合，我要的所有的一切，都可以在我的拨弦起，都可以在我的旋指间，都可以在我的安静里。她们从此只能仰视我。只能膜拜我。仰视我如同仰视她们的神。膜拜我如同膜拜浩渺的天际。

但只有她，却一点都没有吃惊。只是微笑着看着我。仿佛，她从一开就知道我终究是要一鸣惊人的。

她有一个很好听的名字。很配她那绝世的容颜。

她叫燕明月。

八

四年的大学生涯里，我几乎拿到了所有的奖项。只要我出现在琵琶类的比赛中，我就一定是冠军的不二人选。我伤了很多人的心。因为她们只能为第二而战。可是，不是我矫情，我也不想老是这样的。甚至有时，我会故意弹错几个音，但还是没人能够超越我。评委老师们的脑海里已经烙下了一个不可磨灭的深深印记，只要林冲在，不给他第一，那就是倒了自己的牌子。

这年头，立个牌子不易，谁都不愿意它轻易倒掉。

　　学业上的顺顺当当并没有给我带来太多的快乐，因为我和燕明月终于还是没能走到爱情这一步。第一次感情受伤后，我变得很自卑，很小心，很被动。我用琵琶将自己包裹起来，我开始害怕不确定的东西。我知道我不该是个贪心的人，也许，宿命里注定我只能在琵琶和爱情里面选择一样。

　　而明月更是天之骄女，她能来陪我吃个饭，聊会儿天已经是莫大的主动了。她就是一动不动，周围追着她的人都能排长队到地安门。她何须一动再动。

　　但她还是时不时得对我释放出她的善意与温暖。我虽不聪明，但也不笨，所以我能感觉到她的好感，但也仅仅是好感而已。就像我的第一个女友说的那样，好感不是爱。说真的，我倒不怕我再次受伤，我怕的是，我的追求会让她背上污名？在我的世界里，王子才配得上公主，而如我之流追求她的话，除了给有闲的人添一些饭后的谈资，就是给她造成不必要的困扰。我不要我心目中完美如女神的她有任何的踌躇。

　　其实，我怕的，不是她的拒绝。而是她万一没有拒绝呢？老师和同学们又会如何？

　　也许，等毕业了，会好些。也许，等我成功了，会更好些。我就在这样的自我安慰里熬着学生生涯的最后一段光阴。

　　毕业的骊歌这些天已经早早地响彻了校园。伤感的情绪需要提前酝酿，才对得起终将到来的离别。

　　我比大多数的同学要幸运，三个乐团已经向我发出了工作的邀请。但我还没有做出最后的选择。

　　我还在等待。等待她的选择。

这段时间，我一直把自己关在宿舍里。最近我的脑子里老是会跳出一段段莫名其妙的旋律，除了把她们书写到谱子上，我别无办法驱除脑海里的声音。我不知道这是上天的暗示，还是命运的推手？

或许，这是我应该要写给明月的毕业曲目？

或许，冥冥中，一切早有安排。

九

毕业演出典礼。整个大礼堂座无虚席。

我是这一届民乐系的学生演出代表。但现在，我的脑子有点乱。

中午食堂里吃饭的时候，和明月面对面。也不知道怎么搞的，一向在她面前话不多的我竟然鬼使神差地问了一声她的工作去向，她说毕业后会去香港明悦乐团担任首席琵琶演奏。我以前似乎从未听说过有这么一家乐团。饭后，去网上搜索了一下。似乎，也没这家乐团的任何信息。我相信燕明月不至于那么无聊的会在这个问题上跟我开玩笑，以我对她的了解，她也不是这样的人。

香港倒是有一家叫明悦集团的金融投资公司。网上有一张集团公司董事长的照片。董事长有一个很诗意的名字。蔺悦心。长得很帅，也很年轻。估计，是个大家闺秀豪门名媛竞相追逐的钻石青年吧。明悦？不会，他和明月之间有故事？

忽然，我心里隐隐有了一种很不好的预感。一整个下午我都心不在焉的，直到我听到报幕的女生喊出了自己的名字。

我神情木然地向着舞台的方向走了出去。白花花的灯光像一把把利剑一般将我的脸映照得无比苍白。我在台正中的木椅上坐定。长长的麻质长衫，在地上拖起微微的尘埃。

我轻轻将手抚上琴弦。可就在这一瞬间，脑子里几乎可以倒背如流的曲谱竟然如一团水汽般蒸发得无影无踪。所有的一切都变成了空白。我的手指惶然无措地搭在纤细的琴弦上，如同一个迷路的小孩。

台下一片寂静。所有人不知道我要做什么。也不知道我在做什么。

豆大的汗珠顺着我苍白的脸颊流落下来，像一颗颗圆润的大珠小珠，一滴一滴敲到琵琶面上。

十

我像一个傻瓜一样，僵坐在舞台上，任所有人朗读我的狼狈。

我用十指死死按着琴弦，死死的。如果这就是宿命对我的安排，那么，我愿意就这样死在此时，死在此地。

我忽然想起了那个和我同名同姓的小说中的悲情人物，曾经他家有娇妻，曾经他是风光无限的八十万禁军教头，振臂一呼，应者云集，但最后，他也逃不过命运的翻云覆雨，丢了娘子，丢了官职，甚至险些丢了卿卿性命，在一个比黑更暗的风雪夜里，绝望到无处可去。

连他都对抗不了宿命，我又怎么能呢？想到此处，悲从心头起。一种比深渊还要深的绝望从心底如潮水般涌来，将我淹没在命运的洪流里。

台下开始有窸窸窣窣的议论声，像刀片一样，一句句割将过来。我抬眼望去，黑压压的一片，我没有能看到燕明月。

忽然，我觉得左手的中指有些疼。我条件反射得将手指突兀地抬起。

我看见一道浅浅的血痕在指尖恍惚。琴弦因为手指的突然离开，发出低低一声弦响。弦声很轻，却在我脑海里重重砸出一个很大很大的窟窿。那一刻，我终于明白书上说的醍醐灌顶是什么意思。那些早就在我脑子里盘踞了数十日的音符好像有了魂魄般一个接着一个活转过来，一个接着一个从手指上跳将出来。我完全被那些音符控制住了。我的指法完全不能自主。我只能任他们借助我的手指去演绎属于他们的故事。

他们藏了太久了。一展览，便要旷世绝伦。任谁也无法阻挡。

琵琶声声，催人断魂。弦里有血泪，有悲鸣，有南山，有墓碑。有无声的恸哭。有狂野的撒欢。有草在生长。有火在焚烧。有雪扑簌落在寂寥的山头。有高低的脚步踩着无名客栈门口的五花马千金裘。有好酒。有好肉。有虬髯随着北风轻摇。有丈八银枪在星光下映出点点寒露。有飘着幽香的罗裙。有闪着锋芒的利刃。有藏着埋伏的大堂。有笑声里在背后一支一支射来的冷箭。有故事的开始，年少轻狂。有故事的结束，白茫茫一片。

弦声戛然而止的时分，台下死一般的静寂。他们都是在音乐上颇有造诣的男男女女，却在这一刻，听得面红耳赤。这是一场对所有人音乐历程的打脸。耳光响亮，荡气回肠。

我不知道掌声是从什么时候突然响起的。似乎还夹杂着兴奋的吼叫。我看见前排坐着的许多老教授们眼眶含泪。但我此刻心静如水。他们怎样的欢呼都打动不了我。我就像被取走了魂魄的行尸走肉，在他们盛放的目光中，无处安身。

这时，我突然在人群中看见了明月。她穿着一条白色的连衣裙。朴素地坐在人群里。她没有随着人群高喊我的名字，只是安静地看着我，浅浅地笑着。笑得很美！

我的泪水终于在这一刻决堤而出。我压抑了四年的情感，终于也在这最后的时刻，盛放，枯萎。

哦，我忘了告诉明月，其实，这首曲子是专门为她而写的。

曲子的名字从看到她的第一眼起，我就想好了

这首专属于她的琵琶曲叫作《林冲夜奔》。

十一

我并没有去那三家乐团中的任何一家工作。毕业后，直接回到了老家S城。我换了手机号码。断绝了和同学们的一切联系。我在S城的一家图书馆做了一个临时工。工资不高，刚好可以养活自己。

我最爱的琵琶从那一晚之后，就再也没有触碰过。好多次，当我实在熬不住生活艰辛的时候，我会闭上眼，想一想那晚的疯狂。

有过那么一晚，对我来说，对我的人生来说，已经是太满了，我需要用余下的日子，去反复咀嚼那一夜的辉煌。

我不知道明月在香港快乐吗？我也没有资格再去关心，再去想念。都过去了这么多年了，她或者已经结婚了吧？是那个叫作蔺悦心的年轻才俊吗？

十二

今天的天气有些反常。早上出门的时候，还是秋阳历历，晴光正好。刚走到城市广场这儿，却突然乌云压阵，而且很快的，就下起雨来。

我没带伞，又穿行在小路上，眼看着就要被雨打湿了一身。抬眼，看不远处，有一条古色古香的木质长廊。我赶快跑了过去，躲到长廊的檐岸下，避雨。

雨越下越大，一时半会儿似乎停不下来。我看着长廊对面的一间小房子，觉得又陌生又熟悉。仿佛是在哪里见到过。或者，是在梦里来过这里？

小房子也是古色古香的那种，立式的排门端正地垒在两边。一个梳着麻花辫子的小姑娘坐在半足高的小木凳上，托着腮帮子，认真专注地凝视着对面。

麻花辫子的小姑娘坐在半足高的小木凳上，托着腮帮子，认真专注地凝视着对面。

顺着小姑娘的目光看去，才看到，她的对面坐着一个花信少妇。因为被门边一排一米多高的玻璃柜子挡着，所以我刚才并没有看到她。女子长得很端庄，过肩的长发在尾部轻轻卷起，在微风里荡着。女子的肩胛处靠着一只红褐色的琵琶，按弦的手指修长纤细，一根红色的缎带系在皓腕处，明媚动人。

我已经好久没有听琵琶曲了。从我回到S城后，我似乎有意无意得在回避所有和琵琶有关的人、事和曲。我没想到，我会在这一场偶然的雨中，在一个我不常去的小巷里，和琵琶再度相遇。

琵琶声悠悠得从风里浮过来，柔软，丝滑。像一块绸缎裹住了我的耳朵。

曲子是我一辈子都忘不了的那一阕。

我以为我这辈子都只能在梦里或者在想象里才能和这阕琴曲重逢。

十三

明月，你还好吗？

我想你了。

/ 无 穷 尽

烟火的尾巴在山海间游弋/掠夺目光的焦点/大片红色的云压下来/穿过倾城的雨

摄影 | 口水君

测命师

　　我叫苏州。苏州的苏，苏州的州。我生于庚戌年申时，今年四十五岁。父亲说我出生时，天生异象，成排的火烧云将天空染成血色。家中院子里的千年铁树开了花。三十年不出水的枯井重又涌出了清泉。蜜蜂在八百年的樟树上结了三个窝。有一个长髯飘飘的老道路过我家门前，对我奶奶说：天降麒麟，恭喜恭喜。每次父亲说到这里的时候，总是眉飞色舞，仿佛在那一刻含着天地造化出生的是他，而不是我。一般情况下，母亲都不太理父亲，唯有在这样的时刻，却出奇的静，眼睛盯着父亲，手抚腹部，仿佛我还在胎中。很多年后，天生异象有了一种新的解释，叫作孤星入命。所以，我现在为止，还未婚。孤身一人。

　　我在S城最繁华的CBD双子大厦买了一层商业房。价格是那一层楼里最为划算的。楼层也很好记。十四楼。无良的商家虽然把牌子改成了13B。但我进来装潢的第一天，就把牌子复原了。我喜欢四这个数字。因为它是"二"的平方。

当然我能买下整整一层商业楼并不仅仅因为价格便宜，关键的，还是有钱。钱不都是我的。确切地说，我只有很少的一部分。大部分来自于我母亲。母亲的家族是S城的大家族。家中她是独女。当年父亲入赘母亲家的时候，受了不少亲朋好友的白眼。但父亲尝过生活的苦，知道温饱远比白眼要重要许多。所以，在母亲面前，父亲向来是老实且听话的。每次父亲替母亲捏腿捶背的样子，都会让我想起我看中了心爱的玩具或者看到了想要吃的美食时望向母亲的眼神。我曾经以为，那是谄媚。很多年以后，我才明白，那就是爱。

我是父亲和母亲的独子。我是个测命师。我开的公司叫作"左右"。

一、宁缺

第一次看到宁缺，就觉着这个小伙不错。那天，他是和他母亲一起来的。他母亲保养得很好，举手投足间透着大家闺秀气。说的是S城方言，但略偏南方腔，特别软，特别糯。听他母亲讲话，就像是咬开第一口汤圆的感觉。

宁缺那天并没有多说话，只是随着我和他母亲交谈得深入，会及时度过来几个沉稳的微笑和适当的语气助词。他有一头天然的卷发，不长，乖张地盘旋在圆圆的头上，像一头刚出娘胎的小老虎，虎虎生风。

我喜欢话不多的小伙。而且，他还那么可爱。

那天，他母亲来测的是儿子的前途。我说，小伙不错，坚持，前途当不可限量。

再见宁缺时，已是三年后。他还是虎头虎脑的样子，但眼角眉梢间却已有大将之风了。他在S城的ZS银行担任支行行长，听说这是ZS银行入住S城来，最为年轻的支行行长。

但我没有在他的语气里听到志得气满的狂妄，相反，他还是存留了第一次见面时的那种沉稳与内敛。能在顺途还如此克制与得体的年轻人并不多，我看得出，他的前途不会仅限于此。但今天，宁缺来，却不是求前途的。他说，他来测他的爱情。

我给他倒了一杯清水。请他坐入我对面的布艺沙发。

我不急着问，我知道，他会慢慢说。

他说他爱上了一个比他年长十岁的女子。女子相貌姣好，但有过婚史，也有了孩子。他和女子是在一次聚会中认识的。他说他看到她的第一眼起，就觉得呼吸困难，时间静止。他本不多言，但在她面前，他却可以滔滔不绝。他本沉稳，但在她面前，却像个孩子般天真烂漫。他说每次和她在一起，都会觉得自己的喜怒哀乐可以忽略不计。她就像是一方强大的磁场，能将他心里最坚硬的部分都扭曲成绕指的柔软。在她面前，他犹如赤裸的婴孩，无处遁形。她能轻易看透他。但他不能。她能轻易找到他。但他不能。她能轻易离开他。但他不能。她能轻易得放逐他。但他不能。本来，他年轻，他多金，他周围伺机潜伏着数不清的貌美女生，他至少可以不输先机。但现实残忍，她即使不发一力，他在她面前也溃不成军。

他不知道应该怎么办。是继续这样苦爱。苦等？还是就此放下，长痛短痛一起痛？他不知道该做怎样的选择，所以，他来找我，他希望我能帮他测一下命。如果，有缘，他哪怕死撑。如果，无份，又何苦再撑。

他说完这一切，伸出微颤的手，拿起放在他面前的杯子，将杯中的水一口喝干。

我站起来，又替他倒满。

他又喝了一杯。我继续给他倒满。

他不断喝。我不断倒。直到，他放下杯子，有些无奈又有些疑惑地看着我。

我知道，我应该说些什么了。

我看了一眼他面前已经空了几次又倒满了几次的杯子，平静地说："你口渴的时候，就会想喝水。一杯不够，就再喝一杯。但总有那么一个时刻，你会喝饱。水会倒干。水倒干之前，你还渴，你会忘记你喝过了多少水。水倒干之前，你若已不渴，剩下的水是多是少对你而言也再无意义。我这样说不是在故弄玄虚，我只是想告诉你。她只是个杯子。而你要的，却是水。"

"那么，她的杯子里有水吗？"宁缺在我面前第一次失去了沉稳，有些不甘心得继续追问着。

"她的杯子里，有水。别人的杯子里，也有水。于你而言，你要寻找的不是杯子，而是水。如果，你能从她那里喝到水，那你不妨继续。如果，不能，等到你渴到了难熬的时候自然就会放弃。"

我是测命师，我说的话，只能点到为止。其实不是我想点到为止，因为我也只能点到为止。多说一句，我都说不出、说不清了。从来都说缘分天定，但不到最后一刻，又有谁说得清楚，这到底是良缘还是孽债呢？在情爱的世界里，越是浑噩的人，越是幸福。反而是那些想要什么都弄清的人，却备受煎熬。可偏偏，却有人非得那么清醒，非得字字盘剥，非得问得清清楚楚明明白白：你爱我吗？你会爱我多久呢？

宁缺沉默了好久。眼里的光逐渐黯淡下来。人似乎也在一瞬间苍老了许多。等到他有些颓唐得起身之前，他的目光里已经布满了死灰般的茫然。他看着我，嗫嚅着说道："可是，我只想要喝她杯子里的水。"

我看着他出去时的背影有些萧索，完全不像是一个二十几岁的年轻人。爱情真的是把极其锋利的匕首，再厚甲护身的人，也会被伤到遍体伤痕。其实，我最害怕测的就是姻缘，因为姻缘里，我不但要测命，还要算心。

很多年后，我在路上偶遇宁缺的母亲。她曾经的风姿早已荡然无存，身子好像小了几号，姣好的面容也缩皱成了一团，就像路边一株古树斑驳的树皮一般。女人易老，好像，真的如此。

我向她问起宁缺最近过得可好，她的脸上闪过一丝不易捕捉的忧虑。

她说："托先生的福，我们家宁缺啊，现在事业很好，身体也很好。就是脾气像我，太倔了。他现在还是一个人。"

说完，她悠悠叹了口气。

二、琉璃

秘书把人带进会客室的时候，我正在沏茶。抬头看了一眼，就见一个穿着格子呢大衣，身材臃肿的女子幽幽闪进来，脖颈处的一块艳黄色围巾将整张脸裹得严严实实，露出的部分也被一副茶色的大框黑边墨镜遮住，完全看不清长相。

这样的装扮让她看起来有些滑稽可笑。于是，我把眼光又低下去，在她落座到我对面的间隙，继续聚精会神地沏我的茶。我有一个习惯，就是在送走一个客人后，我就会想要沏一壶茶，好好地喝上那么一两小盅，虽然我并不嗜茶如命。我轻轻捏着已经盛满第二泡沸水的陶瓷砂壶的龙纹细柄，缓缓往自己的杯里，倒茶。此时，茶水正清，茶香正好。

茶入口，唇齿温润，馨香流转，回味甘甜。我惬意得将身体轻轻挪到沙发靠背上，再抬眼，却发现，眼前的女子，竟已换了容颜。

脱掉了大衣后的她，穿着一套素蓝色的蕾丝过膝连衣长裙，适度裸露的肩胛弧度极美，像是一块上等的美玉，玲珑有致的娇躯直直端坐在沙发的边沿，裙膝下白皙的小腿斜斜并拢，一双浅米色的高跟鞋将身躯的整条曲线收得恰到好处。也许是刚刚除下墨镜，她似乎对突然亮起来的光线有些不适，眼睛还微微眯着，但整张完美到不带一点瑕疵的娇艳脸庞却让人在凝视的刹那间忘了呼吸。

这是我从出生到现在为止看到过的最美的一张脸。没有之一。甚至连电影电视里那些艳名远播的玉女欲女们都在她的面前统统黯然失色。她的脸是古典的鹅蛋脸，精致宜人，增之减之都有所不及，脸颊温润透明，眼眸沉静如水，两弯月眉和小巧的琼鼻交相呼应，如同最暗的夜里辉映着的最亮的星。她长发过肩，顺滑光泽，说话的时候，嘴角微微扬起，一粒深深的酒窝就悬在她的左脸颊处，明媚动人。她的美很真实。却又很不真实。就像此刻面前的茶水一样，雾气腾腾地涌将过来，真实得如同一种幻觉。

"先生你好。我叫琉璃。"她的声音也很好听，语调温婉，却错落有致，像是古代环佩轻轻碰撞时发出的清脆声响。

"我来找先生，是想测一下我的将来。准确地说是我和他的将来。"她大概是见惯了男人们面对她时魂不守舍的神情，所以对我的花痴状选择了视而不见，只是继续说着她想要说的话。

"我和他相处了七年。七年前，我二十六岁。他三十三岁。我从小就明白什么是红颜祸水。因为我就是红颜，也是祸水。从十四岁开始，就有男性来追求我。有男生，也有男人。走在路上被人递纸条，要手机号码是很司空见惯的事情。更可怕的是，甚至会有男人堵在我家门口，尾随我上学下课。我对这种死缠烂打的男人天生有一种厌恶。我讨厌他们眼里无法藏住的欲望。我也不知道为什么，我就是能够轻易看见男人心里的火，哪怕他们再怎么竭力压制。十六岁生日那年，我问母亲要的生日礼物是一对口罩和一副墨镜。"她说到这里，略微顿了顿，似乎在想要不要说下面的话，"哦，我是单亲家庭，家里只有我和母亲相依为命。"

"那天之后，我出现在公共场合就会戴着口罩和墨镜，一年四季都是如此。高考那年，我的成绩是全校的第七名，省内最知名的大学都可以任由我选择，但我还是选择留在了S城，这样，我离母亲可以很近。我也可以住在家里。大学四年，同学们给我取了个绰号，叫作口罩美女。"

"大学里，我学的是服装设计，毕业后，就在淘宝上开了一家网店。我贩卖的是自己的设计。那两年，我过得很辛苦，但因为是网店，不用去和社会敷衍，去和男人应付，所以，清贫点的生活还是让我觉得很享受。我知道，我本来不用这么辛苦的，我有的是资本。可是，我讨厌用自己的容颜去为自己赢得富贵。再美的容颜终究也会有逝去的一天，不是吗？"

"他是一家服装公司的老总，白手起家的创一代。他从购买了我第一套女装设计图纸之后，就十分满意我的设计。而他也总能最为准确地洞悉我想要在设计里表达的元素和情绪，并且将它们很好地呈现在服装成品里。就这样一来二往的，素未与他谋面的我，被他聘为了他们公司的首席女装设计师。他用100万的年薪，无期限的合同买断了今后我所有的设计。很多人看中我的，都是我的美貌。只有他看中了我的才华。从那以后，我就对他产生了一丝好奇。我知道好奇会害死人。但我不后悔，我曾经对他有过那样的好奇。"

"我知道我对于男人的杀伤力。所以，如果我决定要见他一面的话，我就知道，他一定会爱上我。当我终于忍不住在网上发给他一条短信，相约着见一面的时候，我就预料到了会有我和他今日的沦落。我也不是没有劝过自己要退一退，但在情感的强悍面前，我还是败下阵来。结果，不出所料，他从看到我的第一眼起，就疯狂地爱上了我。可我不知道，他在见我的前一天，刚刚和他的妻子有了他们的第二个女儿。"

"先生，你是测命的。你应该知道，这一切都是命数。我就是要在这一天与他遇见。不能更早一天，也不能更晚一点了。就是必须在那一年那一天。说来也很奇怪，他并不是那种很有味道的男子，放在人群中只能算是中等而已，但我就是一下子喜欢上了他。我喜欢他毫不掩饰但又不咄咄逼人的聪明与智慧，喜欢他在面对问题与困难时的坚韧与坚持，喜欢他做决定时的意气风发挥斥方遒，喜欢他不时迸发的小幽默，偶尔绽放的孩子气，喜欢他柔软的唇，修长的指，温和的笑和笑起来时一左一右一深一浅的酒窝，我甚至都喜欢他走路时单薄的背影和几乎半白的头发。我的喜欢在他面前，肆意、丰满、奔放、毫无节制。虽然他比我要大七岁，但我一点都没有觉得我们彼此之间有隔阂与代沟，他所有的闪亮似乎都是为我所准备着的。我的美貌就这样被他的智慧降服。"

"我一跟他就是七年。七年中，他也想和妻子离婚，但他的妻子却绝口不允，甚至以死相逼。他对妻子可以狠下心肠，但是对他两个可爱的女儿呢？他做不到那样决绝。我也做不到。也不允许他做到。我想，命运就是看不得我事事顺心吧，所以，生得我沉鱼落雁，却又让我成为单亲家庭的孩子，让我遭遇了一见钟情，又让我掌握了决定他的女儿是否也要成为单亲家庭孩子的生杀大权。我知道人应该要自私点，自己快乐就好了。但我尝过单亲家庭的苦，我不想让他的两个女儿也尝到这样的滋味。我不想让现在的她们恨我。也不想要将来的他会怨我。可我又离不开他，我是真的爱他啊。我活到现在，爱过的，只有他一个啊。"

女人说到此处，眼眶泛红，泪水在乌黑的眼眸深处不断丰盈。

这样的绝世美女，眼泪即使不为我而流，我的心也开始泛起了阵阵绞痛。每个男人心里都藏着一种怜香惜玉的冲动。我是男人。所以，我也有这样的冲动。

"先生，听闻你测命神准，我就想来问一下先生，我未来的另一半到底是不是他？

如果不是，那么我还能找到我的那个他吗？"

我慢慢站起来，走到窗边。干净的落地玻璃窗外就是S城最美丽的人工湖所在。湖上点缀着钢铁长桥，定时飞瀑和五彩灯带。紧靠着湖的是一座宽旷干净的市民广场，每天都有许多人在广场上来来回回，去往聚散。

我把我的后背留给琉璃，是因为我怕再多看她一眼，就会把持不住自己的内心。作为测命师，最大的忌讳就是放入了自己的情感，一有私念，命数里就会腾起云雾，就会看不清，就会测不准。

幸亏还有流动的时间，还有窗外不变的风景。也不知道过了多久，我躁动的心终于慢慢平复下来。我努力得将她命运里藏着的所有隐线在我的"神识"里小心翼翼地梳理汇聚，我知道我必须要和她说些什么。我一定得和她说些什么。

"琉璃姑娘，命之劫数，逃得开的，是磨难；逃不开的，是宿命。你说你爱上他是你的命，我既认同也不认同。你爱上谁，都是你的命。就像谁爱上你，也是他们的命。你不能因为你不爱他们，就否认了你不是他们的命数。就像你也不能因为你爱上了他，就认准了他就是你的命数一般。人与人之间，既有冥冥，也有偶然。当然，偶然也可以是冥冥，冥冥也可以是偶然。关键，还在于你的心。你怎么看，你的命就怎么走。"

"你问我，你和他的将来会如何？我测不出。我坦白地告诉你，这是我的测试之术第一次遇到这么诡异的困局。就像处于一个茫茫大雾的天气里，我能看到那些模糊的人影与车辆，但我就是看不清楚。这团迷雾里，应该有你。但有没有他，是不是他，我看不清。我知道我这样说，让你失望了，但没办法，你再失望，我也得和你说实话。我不能骗你。"

"你是个美丽的姑娘。老实说，连我这种人生过半看遍女色的老男人都对你起了波澜，可见你的美丽确实惊世骇俗。你刚才也说了，红颜与祸水总是相连。但其实，红颜也罢，祸水也罢，能兴风作浪，翻起波澜的，却从来不是女人。女人最多乱的是男人，男人却能搅乱整个世界。所以对于姑娘，我想说的，我想劝的，都在这句话里了：选一个对的人，或许比选一个好的人，更值得你的美丽与付出。"

或许是终于说出了我的劝言，我感到了如释重负般的轻松，语气也不再似开始说话时的那般沉重。但我看得出琉璃的失望，也知道我今天说的，并不是琉璃想要的。但我们每个人都不应该太贪心，给一些不给一些，给这些不给那些，这都是命运玩的叫作平衡的游戏。我们只能心平气和地去接受，去感悟，去放下，因为命运肯给的，我们只能接受。命运不给的，也只能是妄想。

其实我是看到了琉璃和那个他的结局的。只是我不能说。我怕琉璃伤心。

所以，我最后对琉璃说的话是："对不起，琉璃姑娘，因为我今天没能测出你要的将来，所以我不能收你的钱。"

三、傅卿

我叫傅卿，贪色如命。

照理，凭我的长相、学历、谈吐，不把人吓死已经算是很好了。可结果，我周围的美女数也数不清。道理，你懂的。老子有钱。有很多很多钱。当然不是我有钱，是我的老子有钱。而我老子就我这么一个儿子。所以，他的钱，就是我的钱。我喜欢去欢场，喜欢找绿茶婊，喜欢将一大沓钞票狠狠砸在她们身上，看她们或清纯或青春的俏脸上露出贪婪的表情。

她们的贪婪让我有如潮般的快感。

虽然我玩过的女人已经多到了数不清，但我还是不能免俗，我也想踏踏实实的去爱一个女子。但我的条件很高，我丑，所以，我一定要找绝美的；我坏，所以一定要找善良的；我没文化，所以，一定要找高素质的。我有的是钱，所以我根本不鸟门当户对。只要符合标准的女人，她们敢嫁，我就敢娶。我这样做，其实并不仅仅为了自己，也为了下一代。我没有这么好的头脑，想不到这样的逻辑，这标准，是我爸爸对我说的。

　　自从我一本正经得散发出求偶的气息之后，母亲大人独具慧眼的搜索也随即启动。从那天起，她最常做的一件事情就是给我看照片，看视频。甚至，作为我的先遣部队，还代替我去亲自筛选姑娘。

　　母亲的样貌与眼光那绝对是没得说的。想当年，母亲的美貌那可是名闻整个上海滩，但她最后却让所有人大跌眼镜，嫁给了看上去似乎太过平凡甚至有些丑陋的父亲。三年后，父亲异军突起，成了江南巨富，给所有看低他的人狠狠一记耳光。

　　很不幸，我的遗传几乎全部来自于父亲，甚至还有过之而无不及。而母亲的过人之姿，我一点都没有遗传到。

　　我终于在母亲已初步筛选过的上千张照片里，挑中了三个女人，都是大家闺秀，相貌各有不同，都是美丽逼人。

　　母亲看中的是第一个，父亲对第二个比较满意，而我却喜欢第三个。这是我们一大家子第一次意见不同。女人果然是祸水。

　　听说双子大厦那里有个姓苏的测命师，测命神准，我准备去看看。让他给我测一下，三个人里，到底谁是我的真命天女。

　　看到那个测命师的第一眼起，我就知道来对了。他外表看起来极其普通，中等个子，长着一张长方形的脸，唇上留着一撮浓黑的胡子，笑起来憨憨的，一副人畜无害的样子。他最特别之处在于生着一对阴阳眼，左眼左眼乌黑似墨，右眼纯青如碧，眼神空洞而深邃，茫然又清晰。在他面前，你完全看不清他在想什么。他会说什么。

我记得父亲对我说过这样一句话：那些长得奇奇怪怪的人，要么身怀绝技，要么身染重疾，所以，如果不能收为己用，那就尽量远离。这是我记着的父亲对我说过的上档次的话里面唯一的一句。

我取出三张照片，齐整整在桌几上放好。刚想开口说明来意，他却对我做出了一个嘘的动作。平常我很讨厌有人在我说话的时候打断我，哪个不长眼的这么做，我都会让我的保镖去狠狠削死他。可惜，今日我有求于他，只好强忍下心头的怒火，乖乖得闭上了嘴。

"你是想来测哪个姑娘是你的命定伴侣？"他说话的声音不大，我却被震得一个哆嗦。真的神奇啊，我话都没说就知道我的来意了，真不愧是S城最牛的测命师。

我点了点头。

他伸出一个手掌，笑着对我说：五万。

我回头示意跟在我身后的保镖。他恭敬得递过我的hermes男包，我拉开拉链，取五万，放到他的面前。

他看着我，还是刚才的那个笑容，说：美元。

"呸，关键时候还大喘气，"我心里狠狠骂了一句，但脸上却满不在乎的从包里从容地取出五叠万元美钞，推到他面前。

他用手指点点了第三张照片。然后对着门外的秘书说道：送客。

我把照片收起来，出了门，边走边瞄了门口的秘书一眼。她看上去二十来岁，身材很好，前凸后翘的，很有韵味。

两年后，照片上的那个女人成了我的妻子。

　　一开始，我很快乐。新鲜的女人，新鲜的肉体，总是会让我沉溺。但半年一过，我心里的厌倦就像野草般窜长出来。我觉得自己似乎被婚姻束缚住了。心里老是憋着一团火。我偶尔会打她。看着她身上青一块紫一块的，我有一种莫名的快感。

　　最近。听说，有人要杀我。可我，却一点也不怕。因为我确信，他或者是他们不可能得手。

　　我这么笃定只有一个理由。那就是因为我的背后，站着的，是我爸爸。

　　我爸爸的名字可比我霸气多了。

　　我爸爸叫傅红雪。

四、孔雀

　　站在我对面的，是个孩子。约莫十八九岁的光景。他个子很高，比我还高十几公分。脸上的线条分明，面色惨白，眸子很冷，像一条很深的河流，里面藏了刀光剑影。

　　我刚按下桌面上的免提，准备呵斥一番门口的秘书，怪她怎么把一个孩子放进来。话还未出口，就见这个孩子从手里亮出一把明晃晃的马刀。刀很长，刃口闪着冷光。看得出，刚开好的锋。

　　他用刀直直指着我，刀头往下轻微点了点。我明白了他的意思。抬手摁断了免提。

　　他问："你就是那个测命师苏州？"

　　我点了点头。

"你还记得三年前有个很丑的男人来你这里测过命吗？"

我摇了摇头。我是真记不得了。来我这里测命的，一年起码几百号人，美的丑的都有。我不知道这个孩子想说的是哪一个。

"那你还记得这个女人吗？"他从裤袋里摸出一张已经有些褶皱的照片，放到我面前。我注意到他在说到这个女人的时候，语气里似乎有一种难以察觉的温情和摇摆不定的愧疚，浓郁的杀气也淡了好些。

我看着照片里的女子，弯弯的细眉，淡淡的表情，有一种很温润的美。但我皆尽脑汁想了好一阵，还是想不起来她是谁。最近，我记性变得很差，将近半百，好像所有的器官都在一天天呈几何级数般衰败。

孔雀看到我的茫然，眉头一挑，心里的怒火腾地蹿上来，说话也开始有些歇斯底里起来。"你还记不起来吗？两年前，有个丑八怪到你这里来测命，给了你三张照片，要你测一下到底哪一个会成为他的妻子。你给他点的就是我姐姐的照片。之后，这个丑八怪就用尽各种龌龊的手段来追求我姐姐，还大言不惭的和我姐姐夸口，说他算了命，命里注定我姐姐要成为他的妻子。但这个丑八怪怎么会懂得姐姐的心，姐姐从来就看不上那些以为仗着些臭钱就能买到一切的纨绔子弟。我母亲就是被一个纨绔子弟勾引，抛家弃儿，把我和姐姐都扔给了可怜的父亲。父亲在母亲离开的第二年，思念成疾，怨愤而死。从那时起，在这个冷酷的世界上，只剩下了我和姐姐相互照顾，相依为命。姐姐从小就比我聪明，读书也比我好，也长得漂亮，可是，为了让我能吃饱饭，读好书，她一边读书一边打工，拼命赚钱供养我。她那时和我说得最多的一句话就是：弟弟啊，你要好好读书，等你将来有出息了，姐姐才能安心嫁人。"

少年说到这里，眼眶突然变得湿润起来。但他最后还是忍住没有哭出声来。

"可是那个丑八怪，长得那么丑，还老是缠着我姐姐。说什么，只要姐姐答应，荣华富贵没问题，我的读书就业没问题。他以为他用那几个臭钱就能买到姐姐，买到我们的未来。可你这个死算命的，还真是被你算准了，就在那一年，我被查出得了扩张性心肌病，需要做换心手术才有机会继续活下去。你知道换心手术有多贵吗，光是手术费就要三十几万，而且还要看有没有适合移植的心脏。为了能让我活下去，我姐姐瞒着我，和那个丑八怪去领了结婚证。"

说到这里，少年的目光开始变得凶狠起来。

"要是姐姐过得幸福，他能真心实意对姐姐好，他哪怕再丑，我也忍了。可他是那么下三烂的一个人，根本就改不了吃屎的本性，结婚不到一年，他不但在外面玩女人，而且回家还打我姐姐。有一次他打姐姐的时候，正被我看到，我自然要找他拼命，可是我打不过他。我姐姐为了保护我，在他面前跪下来求他，说以后会乖乖地听他的话，求他别打我了。那天晚上，姐姐拿出了她这一年多存下来的十几万私房钱交给我，并给我买好了去南方的火车票，送我离开。但是我没有走。我在火车启动的那一个瞬间，偷偷跳下了车。可我还是晚了一步。那个丑八怪不知道是从哪里得到姐姐送我离开的消息，恼羞成怒的他，狠狠折磨了姐姐一个晚上。姐姐趁着他打累了的间隙，想偷偷逃出家去，却失足从楼上摔了下来，成了植物人。"

我看着怒目圆睁的少年，却意外发现他眼里的怒火竟微弱了下来。

"我在那个丑八怪经常去的夜场门口守候了七个晚上，我不相信他的保镖会时时刻刻都跟随着他。终于，苍天怜我，第八个晚上，他在坐进豪华轿车前，因为尿急跑到路边正爽快着，我逮着时机，将这把刀从他的下阴锋利得撩上去，将他切成了两段。"说到这里，少年忽然瘆瘆得笑了起来，笑声凄厉，犹如鬼魂。

"今天，轮到你了。测命师。"

说完，他三步并作两步冲到我面前，在我的脑子还来不及做出反应前，把刀锋笔直得推入我的左胸。

他的出手很快。他的刀也很快。在那一瞬间，我几乎都没感到疼。

几秒钟之后，我看见一团鲜血在白色的衬衣上渲染开来。像极了一幅水墨绘就的红牡丹。

在我昏死过去之前，我听到他最后一句话说的是："记住，我姐姐，叫作孔燕。我叫孔雀。

五、苏州

我并非是天生的阴阳眼。我的眼睛从小和大家一样，没有任何特别之处，直到七岁那年我得了一场莫名其妙的大病。

病，不知因何而起。症状就是咳嗽，吃什么药都不灵。有时咳到难受处，甚至连血都会咳出来。三个月后，病，诡异得全身而退。病愈后，身体全无异样，只是两只眼睛，一只越来越黑。一只越来越绿。

然后，我老是能看到别人都看不到的景象。我看到同班同桌丁小芹的头发飘在水里，第二天，她在水库里游泳的时候，淹死了。听说，她被捞上来的时候，脸肿胀成了一团，只有黑黑的头发，像水草般，浮在水里。我看到奶奶的脸，因为痛苦，褶皱成了一团皮子。半个月后，奶奶走路不

小心，在青石板的小路上摔了一跤，皮开肉绽。我还看到有个老实的小
伙，将一个很漂亮的女孩领进家门。我又看到这个女孩，依偎在另一个帅
帅的小伙怀里，媚眼如丝。很多年后，我才知道，我是那个将漂亮姑娘领
进家门的老实小伙儿。而那个帅帅的小伙是我最好的兄弟，甘宁。

当我渐渐明白，我所能看到的景象竟然是我周围的人或远或近的未来
时，我开始对我的阴阳眼有了感激之心。我本来就不是人中龙凤，长相也
普通平常，要不是有这对举世无双的阴阳眼撑着，我又如何出人头地。我
又如何能配得上父亲嘴里的天生异象，母亲眼里的望子成龙。

所以，我从小就立下了一个远大志向，我要成为一个算命先生。后
来，随着时代演变，我也与时俱进地将算命先生换成了一个更现代的称
号：测命师。

我以"左右"这个公司在S城闯出点名气来之后，我的收费标准也顺势出
台。对那些有钱人，我是尽量往贵里收费，反正一个愿打一个愿挨；而对
那些普通人众，我则尽量将费用压低，能把水电人力费抵充过去即可。我
自以为这样的收费虽说没有劫富济贫的豪侠之气，但至少也算是公平正
义，却不料，我还是没能测到我会有这样一个悲惨的结局。

对于我自己的未来，我的阴阳眼似乎只灵验过一次。而那次灵验也是
个很糟糕的个人体会：我以为找到了幸福，却被最好的哥们戴了绿帽。之
后，我看自己的命相，一律是一团迷雾。但我越看不清自己的命运，却越
能看清别人的命运。其实，这样也不错，至少光大了自己的招牌，也赚进
了更多的钞票。

那场惨淡的恋爱之后，我再也没有认真谈过感情。我可以和形形色色
的女人周旋，却再也不愿付出自己的真心。其实这样多好，龟缩在自己的

壳里，谁也进不来，我也出不去。

对于一个测命师而言，测得准很重要，但更重要的是，别人信得过。一个信字，其实比一个准字，要重要许多，这是我测命近三十年来得出的最为宝贵的一条经验。

所以，很多时候，我会故弄玄虚，很多时候，我会模糊语言。我的目的只有一个。让客户相信我。相信我说的话，相信我测的命，相信我解释的因，相信我给出的果。

不过，就在那个叫作孔雀的少年把刀扎入我胸口的时候，我突然看到了自己的前生来世。前生，我是个大户人家的子弟，羽扇纶巾，指点江山，牵红引绿，满院佳丽。来世，我是个在快递公司打工的外来务工人员，一个老婆，一个炕头，两个孩子，一男一女。前生的我，华丽度日，锦衣玉食，吃得穿得住得都是最好的，但一个人的时候，却总是紧锁眉头，似乎有解不完的忧愁与烦忧。来世的我，吃快餐，睡木板，和扫大街的老婆相拥而笑，笑得那么没心没肺的，仿佛吃的不是杂米干菜，而是一种叫作幸福的人间美味。我看得清两世的自己，却分不清，哪一世的我更满足。

那都是我。却又都不是我。因为我现在还活着。还活在这一世。哪怕，奄奄一息的我，此刻，已经走在了通往来世的途中。

时间秒逝。我脑子里的前生来世渐渐模糊成了一团糨糊。但不知什么原因，却又突然清晰逼真成了一个监控器。透过这个监控，我看到了坐在门口的，我的秘书。她的头微微斜靠在桌子上，像是昏过去，又像是睡着了。她面前的电脑上有一个文档打开着，里面，有我的好多照片，有些照片的角度看得出是偷偷躲在角落里拍的；还有我写过的文章，一篇篇按照时间节点排列着，有一些甚至是我初中高中时在报纸上刊发过的。她弯靠在桌上的姿势依然婀娜，只是曾经满头乌黑亮丽的秀发上已经钻出了隐隐的白发，白皙的俏脸上也浮现出几块散落的雀斑。曾经正青春的她，终于也渐渐苍老了。

我记得她是在我开左右的第三年来我公司应聘的。她之前，我刚刚解雇掉我的第九个秘书。我还记得第一次看到她时的样子，穿着一条红色的裙子，像一团燃烧的火焰。可那时，我刚刚被一段爱情背叛，所以，从心里，我对任何一个女人都存着不信。可她，不管我是对她生气发火，还是埋怨嘲讽，她都会第一时间就向我认错。后来，我发火时，若是听不到她那一句"对不起，先生，是我错了"，我心里就会觉得空落落的。她一直没有结婚。我记得我问过她这个问题。她还是那样的笑容，还是很温柔地回答我：先生，我结婚了，去度蜜月了，去生孩子了，那公司怎么办？

我真傻，我到现在才知道，她其实想和我说的是：我结婚了，那么先生，你怎么办？

原来，她一直放不下心的是我。她向我道歉，不是因为她错了，而是因为，她想让我觉得我是对的。我寻寻觅觅，找遍整个世界，和那么多的女子交往接触，却从来没有想过，原来最在乎我的人，早就在我的身边。我把眼光投向远方，可最爱我的，却近在眼前。

我一直都看不到。是因为我瞎了吗？还是因为我抗拒让自己看到。

我一直都在给别人测命。测他们的未来。测他们的爱情。测他们的事业。测他们的幸福。我却独独忘了测一下她的未来，她的爱情，她的幸福。我虽然看不清自己的命运，但我能看清她的。而她的命运里，不是只有我吗？

为何，要我在这一刻，才全部看清。还看得那么清清楚楚。

可是，都晚了。一切，都晚了。前世，我没有遇见她。下辈子，她也不在。

命运真是弄人。我测了半辈子的命，却在弥留之际，等来这个最大的玩笑。

六、弱水

他从来都不知道，我和他是校友。他上初三那年，我刚读小学。那时，整个年段的同学都在说学校里有个怪人，生了一对又黑又绿的眼睛。我曾经偷偷跑去他的教室，想看一下这个怪人。可那时，我的个子太矮，我没能从一人多高的玻璃窗外望见他。

我从来没想过，有一天，他会主动来教室找我。看到他向我走过来的那一刻，我的小脸一下子涨得通红，我看见整个世界都退到了他的身后，吵闹的教室里，安静得只剩下了我和他。随后，我听见自己的心脏发出湍急的跳动声。

他的个子并不高，声音很轻，那对传说中的阴阳眼，很深邃，很迷人。他低头看着我，轻声问我："小姑娘，那辆停在门口的豪车是你们家的吗？"

我轻轻点了点头。

"那你以后别坐那辆车了。"说完，他转身离去。刚好，有一缕阳光从他的头顶倾泻下来，把他的背影打磨得那么明亮。

时间在那一刻，完全静止。

　　三天后。曾经专门接送我上下课的车子遭遇了一次严重的车祸。司机当场死亡。车里坐着的保姆也被撞成重伤。而我，从那天他和我说过话之后，上课下课，我就一直是走路的。所以，我，逃出一劫，安然无恙。

　　那以后，我一直循着他的轨迹，慢慢长大。他读过的高中、大学，我都比他晚到九年。听说他开了家公司只招秘书专业毕业的，我就把大学志愿从最热门的电子金融改成了文秘。听说他爱上了一个女子，我躲在房间里哭得死去活来。父亲母亲看着我几天眼泡肿胀水米不进的样子，几乎被吓破了心肝。但他们都不敢来问我发生了什么。他们知道我的脾气。在家里，我是他们的掌上明珠，也是骄傲无比的公主。我毕业那年，满怀希望地去他公司应聘，谁知道，已经有人捷足先登了，而他的公司，只招一个秘书。但是我能等。反正父亲母亲对我是否工作，有多少工资根本不介意。他们在乎的，是我是否开心快乐。

　　毕业第二年，我听说他失恋了。他最好的朋友抢了他深爱的女子。我看着他去酒吧买醉，看着他和那些不三不四的女人去开房，我的心好痛。好几次我都忍不住想要冲过去，抱住他，告诉他，我爱他。可是，我没有勇气也不够勇敢。每次，我都用这样的方式自欺欺人：我没有向他表明我的情感，至少我还有被接纳的机会；万一我说了，他拒绝了，那我就永远失去他了。我最好的闺蜜曾经笑我这么患得患失的根本就不像平日里天不怕地不怕的我，但她不知道，只有爱一个人那么久了，那么深了，才会患得患失。

　　毕业第三年，在他的第九个秘书被开除后，我终于找到了机会应聘成功。上班前一天，我特地去了上海恒隆广场买了一条Dior的红色套裙。但那一天，他只是淡淡地看了我一眼。他早已忘了我是谁。

别看他对客户总是一脸的温和善意，可对我，却苛刻严厉。平日里不但笑脸全无，而且对我的工作也挑三拣四。甚至，还会乱发脾气。最气人的是，在一些无聊的周末，他会打电话给那些逢场作戏的女人。看着他和电话那边的女子放肆调情，咧开嘴笑得风流放荡的样子，我的心就会疼。很疼。很疼。

但我始终对他恨不起来。有一次他醉酒后，和我说过，他爱了那个女子七年，但最终她还是爬上了别人的床榻。他说完，在我面前哭得像个孩子似的。那一晚，我紧紧抱着他，一刻也没有松手。但他始终不知道，到现在为止，在他身边的我已经爱了他十七年。而且，依然深爱着。还将爱下去。

他除了测命。平日里会以"般若"的笔名在报纸杂志上发表文章。他所有的文章我都有。一份被我剪贴拼接在日记里，放在我的枕下。一份，我用数码相机拍了照，放在我的电脑文档里。每天，一有空，我就会去翻看。每次看，我都会觉得很温暖。

他真的是个很有才华的男子。写的文字那么优美又那么感伤。甚至连公司的名字都透露着宿命般的气息。"左右"这让我想起了一个我很喜欢的歌手写过的一句歌词：向情爱的挑逗，命运的左右，不自量力的还手，直至死方休。

时光荏苒。我在左右，已经快十五年了。在这里，我看到了太多人世间的悲欢与宿命般的悲凉。所有人都想逃，却不知道要逃到哪里去。那个叫作宁缺的小伙子，其实和我一样痴。他和我等着的，都是永远都等不到的那个人。琉璃比我和宁缺都要幸福。哪怕她以后失去了，但至少她曾经得到过。

我最讨厌的一个客人，叫作傅卿。他看到我的第一眼起就用色迷迷的目光在我身上逡巡。我真想上去打他一个嘴巴。什么玩意，这么丑，还这么色，无非是仗着家里有几个臭钱而已。但我知道我得忍着。这不是我自己的公司，这是他的公司。虽然挂在我名下的任何一家公司都要比他的公司大上十几倍。

我就这样跟在他身边。看着他的眼角慢慢堆起了皱纹。看着他的黑发慢慢熬成了白发。而我，也不再是从前那个青春靓丽娇媚无敌的自己了。时间，终究是一把无情的刀。将我和他都削得渐渐老去。

但我一点都不担心，只要能陪在他身边就好。能看着他笑，看着他说话，就好。其实我比来测命的大多数人都要幸福。因为我自己就能测出我的幸福在哪里。

不过，我却有点担心随着我的年纪一天天变大，在未来的某一天，他会不会突发奇想的给我来测一下我的未来，我的爱情，我的幸福。

我怕他会在我的宿命里看见满满的都是他自己。

乾坤定

一

我叫白石。齐白石的白石，没有齐。

我有个秘密。

我是个有超能力的人。当然我不会飞，也不会变形，更没有钢骨獠牙。但我的超能力比他们所有人加起来的都强。

我能定住一切。

定住一切的意思，就是一切都被定住了，不会动了。雨像珍珠串一样地凝固在了半空，人像蜡像一般展览着各种微表情，云朵和树和花和水都成了画板上的布景，还是3D的，还是立体的，还是栩栩如生的。其实就是鲜活生猛的。只是这一刻，被定住了而已。

　　当然，我并没有一个来自外太空的双亲，也没有做过什么惨绝人寰的实验而变异成了现在的模样，我的超能力应该算是天生的。

　　清晰记得那一天，正好是我十五岁的生日。那时，青春痘还没有爬满我的面孔，一撮清新的小绒胡正在唇角茁壮成长，我的个子还不算太高，正是懵懂初开之季。还没喜欢过一个人。还不知道喜欢一个人的味道。

　　一个人独自去电影院看了一场电影。很喜欢里面一个叫作彭于晏的演员，可惜他演得是反角。他长得很帅。笑起来，有两个酒窝。像我。最酷的是他在电影里打响指的姿势，真是帅出天际线了。这部电影是寒战。那天，是冬天。

　　影院的出口有一个巨大的玻璃墙，能照见一切。

　　我在玻璃墙里看见瘦瘦的自己，像是刚从地里长上来的竹笋。我一边回忆电影里的帅哥，一边尝试着打一个潇洒的响指。可惜，手上功夫不好，不太响。我觉着，应该再加一个手指的音量。于是，我两个手同时打起响指。声音果然比单手时响了很多，很清脆。

　　奇迹就在那一刻发生了。

　　正当我回身准备向这个世界再度奉献独一无二的双响指时，却惊讶得发现，周围的世界定住了。

　　原谅我无法精准描述出第一次看到世界被定住时的心情，因为那一刻来得如此猝不及防，让我根本没有办法酝酿出惊天动地的情绪，我只是傻傻看着眼前的一切，以为是在梦里。

　　但当我狠命掐住自己的太阳穴，感受那一股股非我能承受的疼痛时，我才知道，眼前的一切是真的。

　　怪我当时年少，不懂得珍惜定住的珍贵，我竟然为了再度测试我是否否具有这种超能力而又一次打出响指时，世界恢复了正常。

二

那天回家后，我生了一场莫名其妙的重病。父母把我送到S城最好的医院也没查明原因，我就是觉得全身无力，肌肉酸软，像一个软骨虫一样在病床上躺了七七四十九天，直到迎来了省城最优秀的医疗团队。团队中带头的是一个银发老者，面色红润，表情慈祥。他轻声问我愿不愿意成为他的研究对象，正当我准备摇头拒绝时，却发现站在身旁的父母泪眼婆娑地暗示我点头示意。鬼使神差的，我竟顺势点了点头。后来我才知道，我在医院躺了四十九天的结果是把家里仅有的十万块积蓄都用光了。父母想要救我，我想要救自己，只能答应老者的所谓的请求。

第二天，我的身子里开始插满了五颜六色的管子。我的病房里开始摆满了大小各异的机器。他们给我吃了很多药。给我做了无数次的检查。但我知道，他们并没有得到想要的结果。因为老者的脸上始终罩着一团迷雾。他以为他面对我时，只要笑，我就看不出来了。他小瞧我了。

我的病无根而来，躺了二百三十一天，竟然自动痊愈了。

当我活蹦乱跳得从床上下来时，主治医生的脸上有一种被羞辱的死灰。

所以，这个团队没有就这么放弃我。他们继续用金钱诱惑我的父母，用我喜欢的游戏电影音乐来诱惑我，他们开出了很优厚的条件，希望能够继续对我观察。

我当然没有拒绝。我又不是傻子。

我和所有正常人一样，继续念完了我的初中和高中。然后考上了大学。家门口的大学。南方大学。

三

我喜欢上了一个女孩。不是同一班的，是同一届的。女孩个子很高，长长的头发，眉目清秀。

女孩叫沈墨心。名字很好听吧。

但我始终没有办法认识她，因为围绕在她周围的男生实在是太多了。有高年级的学生会干部，有低年段的富家二代。他们或锲而不舍或金钱攻势，总之都是一副除了她谁都不爱的架势。

我没有这样的气势。我只知道沈墨心挺好的。我喜欢。

但我也只能喜欢而已。喜欢不需要两个人共同努力，我付出就可以了。我喜欢这样简而又单方面的情感。所以，我知道她一天到底要上哪些课，我知道她什么时候会去自修教室自学，什么时候又会去食堂吃饭。我知道她最爱的颜色是白色。她最喜欢的穿的，是那条白色的连衣长裙。

最近好像有两个男子已经从她众多候选者里脱颖而出了，都是有才华的师兄，一个是全校闻名的诗人，一个是让女生疯狂的民谣歌者。我佩服她的眼光。挑的人看上去都要比我优秀。

但我还不准备就此放弃。虽然，其实，我也从未努力争取过。

那一年的圣诞，学校的舞厅举办了一场联谊舞会。我也偷偷跑去看了。因为她也在。我躲在一个谁都看不到的角落，看着她的裙子满场飞转。她身边的舞伴换了一个又一个，但她的舞姿还是那么轻盈，她的笑容还是那么迷人。终于当灯光渐渐暗淡下来，舞曲的拍子也变得越来越慢时，我知道一切就将散场。而我也该走了。

正准备起身，却看见舞厅门口闪进来一群青年，从穿着上一看就不是本校的学生，而且头发上抹着亮胶，身上闪着鳞片，活脱脱的流氓地痞样。

他们进来后，就用眼睛在搜索着对象，直到，将目光都聚焦到沈墨心身上。

为首的一个滑步上前，和沈墨心说着些什么。我隔得有点远，听不清他们的对话。

应该没说几句，青年似乎是被沈墨心的话搞的有些下不来台，恼羞成怒之下，伸手一把抓向沈墨心。

青年的手还未到，护花使者的拳头老早就递到了青年脸上。青年趔趄倒退了几步，脸上浮现出一种滑稽的表情，就听得他大吼一声：我草。从裤兜里拿出一把小匕首，亮闪闪朝着沈墨心的方向而去。

但他应该永远没有机会接近沈墨心了。因为就在这时，我伸出双手，打了个响指。

四

我想那天在场的人都应该会觉得很奇怪。怎么明明一群剑拔弩张的家伙就快要肆意行凶了，眨眼就都倒到了地上，手上腿上插上了匕首，眼上脸上布满了瘀青。更让他们绝望的是，双手还被塑料绳反捆上，只能仍由勒紧的细皮嫩肉暴露在南方大学莘莘学子的愤怒铁拳中。

我心里当然是极开心的。但我笑不出来。我连牵动肌肉的力气都没有了。

我晕晕的从凳子上滑下来，昏倒在舞厅坚硬而润滑的地板上。

等我再度睁开眼睛时，我又躺倒了熟悉的医院。又看见了熟悉的医疗团队和老者慈祥中略带一丝不安的表情。

转脸。父母依旧守在病床旁。脸上，泪痕未干。

过了不知道有多少天，等我有力气能听医生说话时，窗外早已是寒去暑来。

老者对我说：小白啊，我不知道你在晕倒前做过什么，我只是想告诉你，你的器官似乎在一夕之间衰老了三十几年。别看，你现在还是二十不到的身体，但你的器官已经有五六十岁的年龄了。所以，不管你做过什么，都别再做了。否则，我也是爱莫能助了。

原来是这样，我一下子就想明白了。这就是超级能力所要付出的代价吧。我能够让整个乾坤都定在我的响指里，分毫不动，但后果，就是我的身体也必将摧毁败灭在自然之力的反噬中。也许，我的响指即是我的红披风，也是我的氪星石。

老天，真的是公平的。我要得到一些，也必将失去一些。

这一次，我在病床上躺了整整四年。

没有人来医院看我。同学们还尚未熟悉我。

沈墨心还从未正眼看过我。

五

我不去读书了。就做试验品，也能让我过上至少是普通人的生活。我很享受这样的状态。死亡早已在不远的地方跃跃欲试，我所能做的，是让死神的愿望，一次又一次落空。

这样很好玩。我喜欢。

最近，医生说我的状态比较稳定，可以再少穿一些试验服。就是手上的检测器还戴着，得随时监测我的主要器官和脉搏。

我也能上街走走。当然得有人陪护着。外面的景色很美。偶尔会有从树枝上飘来的桂花香。又是一年的清秋，我还活着。真好。

S城的大街似乎比往常要繁华了许多。来来往往的都是车子。司机们的素质也比我记忆中的要提升太多，许多车子，会在涂着红漆的斑马线上停下来，礼让。

我就坐在离人行道不远的一个小石墩子上。我的背后，是繁华的商场。我的眼前，是川流不息的行人。

忽然，我看到她了。

有好多年没见了。但我一眼就看出了，是她。沈墨心。

还和以前那么美。哦，不，应该是比以前更美了。一袭素色的套裙穿在身上，衬托着她的娇媚与气质。中跟的米色鞋子，让我的眼睛在她踩踏而来的路上挪不开目光。她的手上，还牵着一个小女孩。粉雕玉琢的，有几分她的样子，可爱至极。

她和孩子悠然走在人行道上，光影绰绰。

后来发生的一切，你应该知道了。一辆在市区内开得极快的大货车，因突踩刹车而导致侧翻，几十吨的车体带着和地面刮擦冒出的巨大火星，向着人行道上正在行走的几十个路人，向着沈墨心母女俩，横扫而来。

当然什么都没有发生。怎么可能会发生悲剧呢。你难道忘了，我是具有超能力的人吗。

所以，记住我的名字好吗？

我叫白石。齐白石的白石。没有齐。

Ps番外：写给沈墨心的一封情书

墨心：

你好。请允许我在未经你同意的情况下，就这么叫你。

我曾经是你的同学，我叫白石。当然，你可能对这个名字，完全没有印象，这就对了。因为，我是一个很普通的人，普通的就像我的名字，就像是一块石头。

我不知道，现在的你，选择了谁做你的男朋友？是那个才华横溢的诗人师兄，还是那位浪漫迷人的歌者师兄？我觉得他们都很优秀，都配得上你。

但也许，是诗人师兄更合适一点。那天，圣诞节舞厅那次，第一个想要冲上去为你挡住刀子的，是诗人师兄。我看见了。虽然那时我还未真正经历爱情，但那种为爱而不顾一切地勇敢，我懂。

我很喜欢你用左手轻撩头发时的妩媚。请原谅我的唐突，我最喜欢那样的你。眼睛里澄明纯粹，没有一点杂质。我就是在那一刻被你深深吸引的。虽然，我知道我配不上你，但喜欢你，我想是我自己的事，你应该也不会反对。

我没有尝过爱里的快乐，但即使只是去了解你，也能让我感到莫大的愉悦。每次静静坐在自修教室里离你三排的距离之外，都能让我有一种幸福的晕眩。我想我不能坐得离你更近了，那样会让我感到窒息。

我知道，这封信你永远都收不到。所以，我才敢这么写，才敢这么说。我从来就不是一个胆大的人，能默默守护你，已是幸运。其实也算不上守护，只是，在该我出手的时候，我绝无犹豫。

最近，医生老是往我身体里插一些乱七八糟的管子。我能感到这种深入肌肤的疼痛，但我忍得住。其实，说真话，我没有那么坚强，只是，每次都快要忍不住的时候，我会默默念一遍你的名字。念完后，我就不那么疼了。真的，就不疼了。

本来，我想着能够在大学里，谈一次轰轰烈烈的恋爱，成功也好，不成功也罢，总会让我在将来留些念想。但我想，我可能做不到那样了。医生说，我的身体已经衰老，我不想害人。

但我真没什么遗憾的。一切都是宿命。我的秘密是我的宿命。你也是我的宿命。你们都那么美，让我惊心动魄，也让我视死如归。

最后，我想告诉你一个只属于我的秘密。圣诞节那夜，我曾轻轻吻过你。

对我而言，一切都足够了。所以，谢谢你。墨心。

轮回劫

一

初秋。

空气里隐约着一丝香味。鸟和蝉四处拍打着寂静的光阴。肃穆的尘埃下，一面土墙氤氲着某种神秘的光泽，卧伏在目光之尾。

顺着凉薄的空气，转过墙后几处旮旯，晃过隔三岔五的高矮树木，一座立了百年的古式建筑就这样被仓皇推到幕前。

房子，孤零零的，突兀在一片破败之中。

四周都是碎砾断瓦，像是刚被一群暴徒洗劫而过。裸露而杂乱的电线交缠在钉入墙面的铁片上，毫无头绪。生了锈的空调外机耷拉在两根几乎快被蛀空的木棍上，摇摇欲坠。一道鲜明的裂缝从屋顶扒拉下来，在斑驳的灰白外墙上涂抹出深深浅浅的伏笔。

几株枯瘦的植物盘踞在房子黑色木门外的断头石狮子后面，瑟瑟发抖。发霉的绿色菌体倒是嚣张，不断拓展着自己的地盘，腐蚀着一块又一块不堪重负的贴脚线。一张张或新或旧的蛛网也来凑热闹，摇摇晃晃地在时徐时急的风里摆荡，展览着这片腐坏糜烂中的唯一生气。

墙外景色败落如斯，房内正躺在散发着霉味床上的我也好不到哪里去。

我已有三天没吃饭了。从苏静心扬长而去的那一刻起，我的器官全面停摆。哪里还有什么光阴交替，哪里还管什么果腹饥肠，就像是被施了魔咒的黑暗法器，掏心裂肺，自生自灭。

反正，横竖不就都是一声再见吗？

她用一道婀娜的背影拉开了我最黑暗的盛世记忆，那我，还要光做什么。还要努力做什么。还要争取做什么。

无非是现在的我和过去的我同归于尽，我不怕。

说真的，其实现在我还挺快乐的。三天滴水未进已让我身处混沌与崩溃的边缘，我的感官早已出卖了我的愉悦。身体变得很轻很轻。我看见许许多多的我从身体里钻出来，像一枚枚自由的蝌蚪，在半空游弋。我的身子越缩越小，终于也变成了蝌蚪的样子，朝着远处有光的地方，甩着尾巴，飞速奔去。

就在我几乎要拥抱光明之际，就见一只巨大的手掌从半空摁落下来，一把将我捏住。手掌上纹路纤细，脉络分明。一枚套在食指末端闪着银色光泽的戒指就搁在眼帘之前。戒指上还有字，也许是离得太近了，我看得有些模糊。隐约，似乎，应该，是浮生两字。

浮生，浮生……

我突然全身打了个冷战。惊悚地睁开了眼睛。

二

我处在一个我所不知道的世界。

头顶是白色的光。周围是透明的走廊。监控机器、电视墙、三角造型的弧形灯罩、错落有致地勾勒在天花板上，如亮处睁着的窥视之眼，盯住我的一举一动。整个房间的地面铺着一层清澈的水，我就赤裸地浮在水面上。但我没有感受到水的温度。似乎又不像水。柔软的，像记忆里女人的手。我勉力举起一根手指，往下戳了戳。一道波纹从我的指尖扩散开去，在整个房间形成无数圈波光粼粼。

这时，有一个空灵的声音在耳边荡起。

"你好，浮生。"

我费力转了下头颅。没看到周围有人。但我能笃定确实有人在说话，这一切绝不是我的幻听。

这时，我看见身下的水呈现波浪状地起伏。我听到德彪西的梦幻曲在琴声里悠扬。

原来，声音是从这里发出来的。我恍然不知所以。

我记得我曾看过一部叫作《西部世界》的美剧。里面的机器人都人机莫辩。一直是机器的机器和以为是人的人有过这样一段对话：你怎么知道我的记忆就是植入的，而你的就是真实的。就像在你告诉我之前，我也一直认为我的记忆是真实的啊。直到有一天，你来戳破这一切。可是，你怎么能保证，将来不会有真正的人来戳破你的一切？所以，不管你是机器还是人，某种程度上，你我都一样。

所以，如果眼前的这一切都是真的话，那显然和我记忆里的常识不符。但倘不是真的，我很认真伸出了一根手指，再一次小心翼翼地点了一下身下的水，还是软软的，像小时候吃过的糯米糕，怎么我的触感会如此真实。但又或者，这种真实不过是幻象投射到我脑海里的一种反馈，让我以为这是真实。我究竟是怎么了？我本来是相信一切的人。现在，我变得一切都不信。

到底是从什么时候开始，我的心理竟然有了如此大的反差。这反差的背后是有人在操控还是我所以为的记忆里的真实是有人操控？

我觉得头又疼了。钻心的，从太阳穴两侧。

这时，我再次听到耳边响起了那个声音。

"再见，浮生!"

三

立春，有风。

苏静心穿着一条白色棉布长裙，站在街道一角。此刻，她距离校门有五十米的距离。接下来，她会等一个绿灯亮。然后，迈开小步，轻盈地穿过一条并不宽敞的街巷。在路口那个烧饼铺子旁，她会拐个弯。或许会遇上她的同学余丽莎，或许不会碰上。再往前几步，她会慢下脚步，捋一下自己的辫子，然后，昂起胸，轻盈得迈入校门。

请不要问我为什么会如此清楚地知道这一切，我当然知道，我怎么会不知道呢。我每天都早早地候在了苏静心的必经之地，静待她随着我的目光而来，向着学校而去。这之后的某一天，当她冷冷把撕碎的情书像一坨大便般甩到我脸上的时候，她永远不会知道，我对她的好，已经持续了那么长时间。

她说，她最讨厌的是我的不变。我的不懂浪漫。我的木讷愚笨。她早就忘了，其实从一开始我就是那样子的。但那时，她是喜欢我的。所以那时，我做的一切。她都喜欢。

原来，一开始喜欢的，后来会慢慢变得不喜欢。

可我还是停留在最初的记忆里，最初的美好里。我走不出来。就像一个被记忆卡住的植物人，能想起的美好，只有最初。

后来为什么会变成现在的样子，我忘了。那些狰狞的嘴脸，那些淋漓的伤害，那些不顾一切逃离与谎言，那些来来去去的诱惑与瞒骗，能做出这些的，真是她吗？还是只是我以为是她。多希望，所有的一切就停在最初，没有后来的风，也没有后来的像刀子般的拒绝与伤害。她只是看着我因为表白而涨红的脸，安静走上来，握住我的手，对我说：浮生，我愿意做你的女朋友。

那时，静心那么简单，我那么自然。多好。那时，我的世界里，还只有开始，没有后来。多好。

四

但，一切是终于要来的。要来的一切，冥冥中都有安排。

我只是没想到，当这些冷漠和残忍的词汇从苏静心嘴里一个一个吐出来的时候，周围的世界会停止转动。

是真的停止了。所有的一切。包括我。

只有苏静心是活动的。是生动的。她依旧美丽。依旧年轻。依然无敌。仿佛这些年，被时间摧残的，只有我。她语速缓慢，声音轻柔。和我道别时的轻描淡写，仿佛不过是在讲一段完全属于别人的支离破碎的故事。

我猜，对她而言，那就是别人的故事。我不是她。所以，我只能是别人。

她并没有注意到周围的一切都停止了。她只是在表演她的情绪。我看到有一只黑色的苍蝇嗡嗡盘旋在她乌黑的长发周围，她没有注意到。也不知道盘旋了多久，苍蝇累了，伸出带着钩刺的足，停在了苏静心白皙的脖颈上。

我看到她脸上有一种似哭非苦的难受表情，但这还是没能打断她的话。她依旧在我对面滔滔不绝，不绝滔滔。

直到，我看到她的眼睛里有一缕青烟冒出来。

世界开始，又动了。我扭头看了看窗外。晴阳正好。沿着冒着热气的柏油马路，我看到有三个身着白色防暴制服的人向着咖啡厅的大门走来。

我转脸，却意外瞧见苏静心的眼眸瞬间从黑色变成绿色。那么美丽的瞳仁，一下子冒出了阵阵鬼火。

可即使她的样子已经那么瘆人与可怕了，我却还在心疼。好疼好疼。

我捂住快要从胸口跳出来的心脏，痉挛状倒向平滑的地面。这时，有一道透明的液体顺着脸颊滑落下来。

我的眼前一片模糊。

五

我好像又躺到了床上。但我的听觉似乎还在，因为我听到周围有人在说话，说的每字每句，我能听得清清楚楚。

一个颇有磁性的中年男声：看来我的机器人在自我意识塑造上还是没能突破限制，她只是原原本本遵从了我给她的指令，既没有发挥，也没有沉思，太过于木偶和机械了。也许我该重新编辑一下她的代码？或者，推倒重来？

一个温柔又很好听的女声：我的机器人倒是不错，尤其是在情感呈现和情绪处理方面，已经趋于完美。植入的记忆和原初程序的配合也很好。现在就是一个临界点的问题。什么时候，他能跨过这个禁区，而实现真正类似于人类的思考与记忆。

一个年轻而清亮的男声：也不知道他有了自己的思维之后是好事还是坏事呢？人类的情感很多时候不过是一种巨大的拖累。使得我们恐惧于往前走，而只想退缩到温暖的壳子里，自我料理。

女声好像并没有理睬年轻男子，继续说道：让我最不可思议的就是他的情绪模块所发生的变化，似乎每一次他在经历完和她的爱情故事之后，他的自觉意识就会增强许多。甚至包括那些早已被抹去的记忆都会被神奇般地恢复。不管我把他放到哪个场景，植入何种逻辑，甚至在设定自我保保护程序的前提下，他只要看见她，他的情感就会发生巨大的波动。难道，能让机器彻底觉醒的钥匙真的来自于爱情？

年轻男声帮腔肯定道：我觉得应该是了。不是有句古谚说，爱情就是一所学校，她能教会你所有的人生与哲学。看来，机器也需要这所学校。不过，让我哭笑不得的是，在爱情面前，人和机器几乎没有差别，明明知道结果会痛苦不堪，却又那么义无反顾地飞蛾扑火？

女声里也似乎有些不解，在自说又像是自问：我们在爱情面前飞蛾扑火倒不奇怪，能爱，能勇敢，不就是人类宝贵的品质吗？可他又不是真人，他不过是个机器啊。他的记忆是植入的。他的喜怒哀乐悲欢苦也是植入的。他的号啕大哭、撕心裂肺是植入的。他的心动心慌心乱是植入的。连他的眼泪都是植入的。他只不过是重复了无数次这样的过程，难道这样，就能让一个机器产生真正的情感？如果感情的产生过程如此廉价，那我们人类又有什么理由为之牵肠挂肚、辗转不眠？又或者，就像是我们的一位老前辈说的那样，所有人类的情感就像是开屏时的孔雀之羽，无非是用来奢侈的展示，无非是吸引伴侣的套路手段，所有的艺术、文学，莫扎特的音乐，莎士比亚的诗歌、米开朗琪罗的雕塑，都不过是一个精心求偶的仪式。所以感情说穿了，和一粒尘土，一滴雨水，一个假面，没有任何质的区别。我们都只是借用这些若有若无的物质来帮助我们杀死时光，帮助我们能尽快抵达生命的彼岸。

她的声音渐渐低落下去，像是在思考，又像是在做判断：所以，有时，我觉得我的机器真的还不如你的机器幸运。也许她只是你的口令与代码的机械执行者，但至少，她不会感到虚无冷漠荒芜。至少，她不会难过。

也许吧，磁性的中年男声及时出现了，平和的音调下有一丝藏不住的微小的无奈，也许，只有这样的机器才是自由的？

可自由和不自由又有什么差别的。不过都是重启程序而已。我听到了年轻男子的声音，

然后，我听到三声不同的叹息。

六

"好了，忘掉这些吧。孩子。"我看见一个年轻的女子，拿着一块透明的玻璃，咀嚼着吐出这句话。女子的样貌有些模糊。远远的。

"现在开始进行第一千零一次重启。"随着她缥缈的声音，我忽然看见眼前飘过一连串代码。我不知道那些0和1交叠的数字有什么意义。只是，有种很奇妙的感觉。我脑子里所有囤积着的痛苦烦恼神奇般得像俄罗斯方块一样堆垒起来，终于在高不可再高之处，消除与粉碎。

我的后脑勺有些热热的。我听见嗞嗞的电流声。像有把电锯从我的脑洞里钻进去又钻出来。似乎在掏点什么。

但我并不疼。我只是木然躺着，如一具活着的尸体。

不知道过了多久。也可能是很短的一瞬。我被一阵悠扬的钢琴声吵醒。

我突地睁开了眼睛。

七

初秋。

空气里隐约着一丝香味。鸟和蝉四处拍打着寂静的光阴。肃穆的尘埃下，一面土墙氤氲着某种神秘的光泽，卧伏在目光之上。

......